포레스트 웨일 공동 작가

졸업이던 하루
그날 이후의 이야기

기유 | 김유신 | 불족발 | 황승환 | 류연화 | 김하종 | 손상우 | 김혜지 | 윤지수
희나 | 인영 | 김은월 | 하월(夏月) | 율무차 | 숨이톡 | 하진 | 이연화 | 박성희
최나연 | 서지우 | 이후림 | 조하은 | 김성윤 | 김도영 | 윤상엽 | 홍연
김유진 | 조현민 | 남화정 | 최이서 | blue진 | 마음률 | 이루 | 안세진 | 류령
우호 | 플루토씨 | 류광현 | 아낌 | 글쓰는 몽상가 LEE | 서가경 | 사랑의 빛
김감귤 | 꿈꾸는 쟁이 | yejin_k | 모지랑이 | soo.says | 쑹 | 승현 | 히싱
김안예 | 강대진 | 문현규 | 김희영 | 마림 | 혜성 | 해원 | 달유하 | 하형정
서진아 | 영지현 | 건이지은 | 이예린 | 설빈 | 명랑소녀 | 온채원 | 시야
몽월 박창수 | 이언(利言) | 윤이담

FOREST
WHALE

차례

필명	하루	페이지

포레스트 웨일

공동 작가

졸업

떨어질 걸 알면서도 아무렇지 않은 척하는 마음

중학교 3년을 함께 지낸
우리의 졸업이 점점 다가오고 있어.
졸업하면 너와 나 사이는 멀어지겠지.

하지만 우리는 그걸 알면서도 아무렇지 않은 척
서로에게 환하게 웃어주고 서로를 챙겨줘.
졸업하고 나서 후회하고 싶지 않아서.

우리는 서로의 연락처는 늘 가지고 있겠지만,
서로의 시간은 맞출 수가 없을 거 같아.

우리의 시간은 서로 다른 길을 걷게 될 거라는 걸
무의식중에 알아차렸을지도 모르겠어.

졸업을 앞두고

익숙한 운동장 모서리에
햇살이 길게 누워 볕을 고릅니다
우리가 나누었던 웃음소리가
교실 천장 구석구석 먼지처럼 쌓여 있다가
창문을 열자 바람에 일렁입니다

내 손때 묻은 책상 모서리에는
차마 다 하지 못한 문장들이 낙서로 남아
떠나야 할 시간을 가만히 붙잡고 있습니다

매일 걷던 복도는 오늘따라 왜 이리 긴지
발걸음마다 묻어나는 건 아쉬움인가요
아니면 낯선 세상에 대한 설렘인가요

이곳에서 우리는 계절을 함께 갈아입었습니다.
눈 내리던 등굣길의 입김과
초록이 짙어가던 여름날의 땀방울
그 모든 순간이 모여 이제는
추억이라는 무거운 이름표를 답니다

문득 뒤돌아본 교문 너머로
우리가 두고 가는 시간들이 반짝입니다

꽃이 지는 것이 끝이 아니라
열매를 맺기 위한 작별이듯
우리의 안녕도 다음을 위한 약속이겠지요

신발에 묻은 교정의 흙을 털어내며
이제는 한 걸음, 담장 밖으로 나아갑니다
함께여서 따뜻했던 그 어느 날의 우리를
가장 깊은 마음 칸에 접어 넣어둔 채로

안녕, 그리고 안녕

익숙한 공간이 한순간에 씁쓸한 향기로 가득 찼다. 그렇게 입기 싫어했던 교복이 유독 빛을 발하는 순간이다. 울고, 웃고 왁자지껄 떠드는 그곳이 어쩌면 싫은 만큼 정든 게 아닐까?

수많은 학교 중에 하필 그 학교로 갔고, 그 수많은 아이들 중에 친구를 만나 운명이라는 단어를 이끌었다. 힘든 시간이 찾아와도 무섭지 않은 이유가 친구가 있었기 때문이다.

하늘에 높게 떠 있던 해가 지는 노을로 변하더라도 주변을 노을 색으로 뒤덮는 것처럼 우리들의 인생도 뒤돌아봤을 때 그랬으면 좋겠다고 말한 내가 엊그제 같았는데. 시작을 알리는 안녕이 이젠 작별의 안녕으로 변하는 시기가 왔다.

'기적'이라는 단어가 '꽃'처럼 피어나 '태양'처럼 빛났다. 그리고 그 빛이 모이고 모이자 넓은 우주 속에 피어나는 행성으로 남는다.

10대의 여정은 끝났어도 우리들은 약속한다. 달의 뒤편을 모르는 것처럼 인생도 모른다. 그럼에도 꿈과 희망을 놓지 않고 사회에 뛰어들어 또 다른 역사를 남기고 다시 만나기로.

싱그럽게 불어오는 봄바람처럼, 경건한 마음이 가슴 깊이 울리던 여름처럼, 우리의 마음은 하나라고 속삭인다.
모든 게 다 끝난 학교는 텅텅 비었다. 그저 교문 앞엔 짙은 꽃 향만 남았을 뿐.
안녕, 그리고 안녕.

눈 감으면

생생하게 남아 있다
눈 감으면 그날 우리의 미소가
하루를 시작하는 알람 소리에
뒤척이던 그날도
매일 더 나은 미래를 위해
목표를 세웠던 그날도

그땐 분명 끝을 보고 달렸던 것
같지만, 그 끝에 웃을 수 있던 건
지금을 위해 노력했기 때문이다

골목길

어두운 골목길을 걸어가는 느낌은
어쩌면 지금일 수도 있다
꽃다발을 들고 축하해 주는 것도 어쩌면
마지막일 수도 있다

가끔은 환한 빛에 놀랄 수도 있지만
이제는 어두운 골목길을 걸어가는 날을
응원할 시간이다

졸업 편지의 속삭임

To. 졸업하는 너희들에게
초등학생, 중학생, 고등학생 졸업 축하해—

그거 알아? 졸업은 하나의 끝이자,
시작이라고 말할게.

나에게 들어봐.
비밀스러운 현실 속에서는 누군가는 억압을 당하고,
누군가는 자신이 가고 싶은 대학으로 가게 돼.
언젠간 자초해질 미래 속에서도 응원이 전부 위선일
지도 몰라

너희들은 전혀 모르고 있어.
난 진실을 되풀이하는 마녀일지도, 마법사일지도—

그런 건 너희들이 알게 될 거야.

현실은 참혹한 미래야,
자신의 미래를 가려,
가기 싫어도 가야만 하는 선택지에 편입도 그 모든
것을 경험해야 할지도 몰라—

나는 알고 있으니까—

졸업을 한 이후에도 스스로에게 되뇌어야 해—
그러니 나이를 먹더라도 후회하지 마—.

From. ■■■

1. 김하종

졸업장보다 먼저

졸업식 다음 날
교정은 그대로였고
나는 문밖에 서 있었다

졸업장보다 먼저 무거워진 건 침묵이었다
축하가 지나간 자리엔
대답만 남았다

공고의 문장들은 너무 반듯해서 날이 섰고
경력과 우대 사이
그 틈에 내 이름이 끼었다

붙지 않은 메일함이
밤마다 먼저 깨어나

졸업이던 하루 그날 이후의 이야기

나는 화면을 닫고도
한참을 닫히지 못했다

문득
도서관 창가의 먼지 같은 빛이
그립다

두려움 속에도
수업 종이 울리던
그 시절이

졸업식 이후

교문 앞에 서서
뒤를 한 번 돌아본다

오늘이 끝이라는 사실보다
끝내는 내가 낯선 나머지

꽃다발은
다른 사람들의 팔에 기대 있고
책가방만
혼자 무게를 알고 있다

가방 속엔
지워진 이름들
덜어낸 시간들

끝까지 쓰지 못한 문장들

고생했다는 말이
목울대에 걸릴 때

나는 웃는 얼굴을 빌려
속으로는
한 계절을 조용히 접는다

교문을 나서는 발목에
아직 졸업하지 못한
내가 매달린다

새로운 시작

차가운 졸업 가운이 낯설게 느껴졌다. 민준은 텅 빈 졸업식장을 바라보았다. 4년 동안 정들었던 캠퍼스가 이제는 추억 속 공간이 되었다. 친구들과 함께 나눈 뜨거운 우정, 밤샘 공부의 고통, 그리고 미래에 대한 막연한 불안감까지. 모든 것이 '졸업'이라는 큰 사건 속에 녹아들었다.

"졸업을 진심으로 축하합니다." 사회자의 목소리가 들렸지만, 민준의 마음은 이미 복잡했다. '졸업'이라는 큰 산을 넘었지만, 앞으로 어떤 길이 펼쳐질지 알 수 없었다. 취업, 새로운 도전, 그리고 인생의 수많은 갈림길.

민준은 깊은숨을 내쉬었다. 졸업은 끝이 아니라 새로운 시작이었다. 오늘, 그는 졸업이라는 마침표를 찍고 새로운 삶을 향해 나아갈 준비를 했다.

끝이 아닌 시작으로서의 졸업

졸업식 날보다 그다음 날이 더 무서웠다. 축하를 받던 순간이 아니라, 아무 일도 일어나지 않은 아침. 알람은 울렸고, 눈은 떴는데, 이제 어디로 가야 하는지 알려주는 시간표는 사라져 있었다. 끝났다는 말은 들었지만, 무엇이 시작되었는지는 아무도 설명해 주지 않았다. 그래서 나는 그때 처음으로 알았다. 졸업은 끝이 아니라, 보호가 사라지는 순간이라는 것을.

사람들은 졸업을 말할 때 늘 성취처럼 이야기한다. 마침내 해냈다는 얼굴로 사진을 찍고, 꽃다발을 들고, 서로를 축하한다. 하지만 그 장면 뒤편에는 잘 찍히지 않는 시간이 있다. 집으로 돌아와 학사모를 벗고, 옷을 갈아입고, 거울 앞에 서는 순간. 그때 남는 것은 기쁨보다 묘한 공허다. 이제는 누구도 대신 정답을 알려

주지 않는다는 사실이, 뒤늦게 현실처럼 다가온다.

졸업장은 분명 손에 쥐고 있었다. 그 종이에는 내 이름과 학교 이름과 날짜가 정확히 적혀 있었다. 그런데 이상하게도, 그 종이 한 장이 나를 증명해 주지는 못했다. 졸업했는데도 불안했고, 끝냈는데도 자신이 없었다. 졸업이라는 말이 삶을 다음 단계로 밀어 넣어 줄 거라 믿었지만, 실제로는 아무도 나를 밀어주지 않았다. 나는 졸업을 했고, 동시에 홀로 남았다.
그때 나는 졸업을 오해하고 있었다는 걸 뒤늦게 깨달았다. 졸업은 잘 해냈다는 보상이 아니라, 더 이상 보호받지 않는다는 통보다. 시험 범위도 없고, 채점 기준도 없고, 재시험 날짜도 주어지지 않는 세계로 나가는 통과 의식. 그 문을 나서는 순간부터 선택은 모두 내 몫이 되고, 결과 역시 온전히 나에게 귀속된다. 졸업이 무거운 이유는 바로 그 책임 때문이다.

우리는 학교에서 정답이 있는 삶에 익숙해진다. 문제를 풀면 점수가 나오고, 기준을 충족하면 통과한다. 잘하면 칭찬을 받고, 못하면 다시 시도할 기회가 주

작가님이
궁금하다면?

어진다. 하지만 졸업 이후의 삶에는 그런 친절함이 없다. 무엇이 맞는지 모른 채 선택해야 하고, 틀렸다는 사실은 한참 뒤에야 알게 된다. 그때는 되돌릴 수 없는 경우가 대부분이다.

그래서 졸업 이후의 시간은 유난히 서툴다. 무엇을 하든 확신이 없고, 늘 비교하게 된다. 나는 제대로 가고 있는 걸까, 다른 사람들은 벌써 저만큼 가 있는 것 같은데 나는 왜 여기일까. 졸업은 사람을 자유롭게 만드는 동시에, 가장 쉽게 흔들리게 만든다. 울타리가 사라진 자리에 바람이 곧장 불어오기 때문이다.

나는 졸업 후에 한동안 아무것도 졸업하지 못한 채 살았다. 끝났다고 생각했던 관계를 계속 붙잡았고, 이미 실패한 선택을 자꾸만 되돌려보려 했다. 이미 지나간 시험지를 다시 펼쳐보듯, 과거를 붙들고 현재를 미루었다. 졸업장은 있었지만, 마음은 아직 졸업하지 못한 상태였다. 그때의 나는 '끝내는 법'을 배우지 못한 졸업생이었다.

그제야 알게 되었다. 진짜 졸업은 제도에서 주어지는 것이 아니라, 스스로에게 허락해야 하는 것이라는 사

실을. 더 이상 이 질문을 반복하지 않겠다고, 이 사람에게서 물러나겠다고, 이 시절을 여기까지로 하겠다고 말하는 순간. 그 결심이 서지 않으면 우리는 계속 같은 학년을 반복해서 살게 된다. 나이만 먹은 채, 마음은 유급 상태로.

삶에는 학교보다 훨씬 많은 졸업이 있다. 어떤 꿈을 내려놓는 졸업, 어떤 사람을 떠나보내는 졸업, 어떤 자신과 작별하는 졸업. 그중 대부분은 축하받지 못한다. 아무도 박수를 치지 않고, 사진도 남지 않는다. 하지만 그런 졸업이야말로 사람을 단단하게 만든다. 아프지만, 분명히 다음으로 넘어가게 하기 때문이다.

졸업을 미루는 동안 우리는 종종 스스로를 속인다. 아직 준비가 안 됐다고, 조금만 더 있으면 괜찮아질 거라고. 하지만 삶은 준비가 끝날 때까지 기다려주지 않는다. 졸업은 늘 예상보다 갑작스럽게 찾아온다. 준비되지 않았다는 사실을 인정하는 순간이 오히려 가장 빠른 졸업일지도 모른다.

이제 나는 졸업을 결과로 생각하지 않으려 한다. 무엇을 이뤘는지가 아니라, 무엇을 끝낼 수 있는가로 이해

작가님이
궁금하다면?

하려 한다. 실패했더라도, 후회가 남더라도, 여기까지 왔다고 말할 수 있다면 그것으로 충분하다고. 끝내지 못한 것보다, 끝내기로 결심한 것이 더 중요하다는 걸 이제는 안다.

졸업은 끝이 아니다,라는 말은 너무 쉽게 소비되었다. 대신 이렇게 말하고 싶다. 졸업은 보호가 끝나는 자리라고. 그 자리에 서면 누구나 흔들린다. 흔들리지 않는 사람은 없다. 다만 그 흔들림 속에서도 한 발을 떼는 사람과, 제자리에 머무는 사람으로 나뉠 뿐이다. 오늘도 삶은 나에게 새로운 문제를 낸다. 여전히 정답은 보이지 않고, 선택은 어렵다. 하지만 예전과 다른 점이 있다면, 언젠가는 이 시간 역시 졸업하게 되리라는 걸 안다는 사실이다. 끝나지 않을 것 같던 순간도 결국은 지나갔고, 나는 그때마다 조금씩 다른 사람이 되어 있었다.

졸업은 화려할 필요가 없다. 아무도 알아주지 않아도 괜찮다. 스스로에게만 들리는 목소리로 말하면 된다. 나는 이 시기를 마쳤다고, 그리고 다음으로 가겠다고.

작가님이
궁금하다면?

그 말을 할 수 있는 순간, 이미 한 번의 졸업은 이루어진 것이다.

졸업은 끝이 아니라 여백이다. 아무것도 쓰여 있지 않은 페이지 앞에 서는 일. 두렵지만, 그래서 더 많은 가능성이 열리는 자리. 나는 오늘도 그 여백 위에 조심스럽게 첫 문장을 적는다. 완벽하지 않아도, 흔들려도, 언젠가는 이 문장 역시 졸업하게 되리라는 걸 알면서.

졸업을 향해, 첫 줄을 쓰다

아직 시작인데도 나는 자꾸 졸업이라는 단어를 먼저 떠올린다. 대학은 내 인생에서 첫 도전이고, 그 사실 하나만으로도 마음은 쉽게 흔들린다. 과연 끝까지 갈 수 있을까, 중간에 스스로를 설득하지 못하고 멈춰 서게 되지는 않을까. 그래도 결국에는 이렇게 생각하게 된다. 어쨌든 졸업만 하면 되지 않나. 화려할 필요도 없고, 남들보다 빠를 이유도 없다. 시작한 일을 끝까지 가져가는 것, 지금의 나에게는 그것만으로도 충분히 크고 무거운 목표다.

국어국문학과 학생이라는 이름은 생각보다 조용히 다가온다. 강의실의 소음도, 사람들의 시선도 없이 노트북 화면 하나로 수업을 듣는다. 교수의 목소리는 이어폰을 타고 흘러 들어오고, 강의 자료는 클릭 한 번

으로 열리고 닫힌다. 화면 속에서는 모두가 차분해 보이지만, 각자의 공간에서는 저마다 다른 표정으로 앉아 있을 것이다. 나는 책상 앞에 혼자 앉아 문장을 읽고, 필기를 하고, 잠시 멈춰 화면을 바라본다. 온라인이라는 형식은 편리하지만, 동시에 나를 더 솔직하게 만든다. 숨을 곳도, 기대설 곳도 없이 오롯이 나 자신만 남는다.

수업을 듣고 공부를 하고 과제를 하며 시험을 준비하는 일은 오프라인이든 온라인이든 다르지 않다. 다만 혼자라는 감각이 훨씬 짙다. 이해되지 않는 개념 앞에서 질문 버튼을 망설이고, 다시 보기 버튼을 몇 번이나 누른다. 같은 강의를 반복해서 보면서도 여전히 머릿속이 정리되지 않는 날이 있다. 그럴 때면 괜한 선택을 한 건 아닐까 하는 생각이 불쑥 고개를 든다. 문학을 전공으로 택한 일이 나를 더 불안한 길로 데려온 건 아닐지, 결국 후회만 남게 되는 건 아닐지 혼자서 조용히 묻는다.

온라인 수업은 나에게 변명의 여지를 주지 않는다. 출

석은 기록으로 남고, 과제는 마감 시간 앞에서 정확히 닫힌다. 누군가 옆에서 등을 떠밀어주지도 않고, 뒤처졌다고 알려주는 얼굴도 없다. 그래서 더 자주 스스로를 점검하게 된다. 오늘의 나는 어제보다 조금이라도 앞으로 나아갔는지, 아니면 같은 자리에 머물러 있었는지. 아무도 보지 않는 공간에서 나를 움직이게 하는 건 결국 의무가 아니라 선택이라는 사실을 자꾸만 깨닫게 된다.

학점을 하나하나 따두면, 결국 졸업은 가능하겠지. 이 문장은 나를 현실로 붙잡아 준다. 막연한 미래 대신 지금 할 수 있는 일을 떠올리게 한다. 오늘의 강의를 듣고, 오늘의 과제를 정리하고, 오늘의 시험 범위를 확인하는 것. 그렇게 쌓인 작은 기록들이 언젠가는 하나의 결과가 될 거라는 믿음. 잘하지 못한 날이 있더라도, 집중이 흐트러진 시간이 있더라도, 완전히 손을 놓지만 않는다면 이 여정은 계속 이어질 수 있을 것이라 스스로를 설득한다.

이 길은 분명 짧지 않을 것이다. 집이라는 익숙한 공간에서 배우는 만큼, 긴장이 느슨해질 때도 많을 것이

다. 책상 앞에 앉아 있으면서도 마음은 자꾸 다른 곳으로 흘러가고, 화면 속 강의가 현실감 없이 느껴지는 날도 있을 것이다. 그럴수록 이 선택이 괜한 용기는 아니었는지, 나에게 너무 먼 목표를 세운 건 아닌지 의심하게 된다. 그래도 나는 확신 대신 지속을 택하기로 한다. 잘 해내겠다는 다짐보다는, 그만두지 않겠다는 약속을 조금 더 믿어보기로 한다.

졸업은 아직 먼 이야기다. 하지만 그 단어를 마음 한편에 두고 있으면 오늘의 하루가 조금 더 선명해진다. 지금 당장 빛나는 성취를 이루지 않아도 괜찮고, 누구에게 보여줄 결과가 없어도 상관없다. 온라인 화면 너머에서 이어지는 이 시간들이 모여 언젠가는 하나의 마침표를 찍게 될 것이다. 그 마침표의 이름이 졸업이라면, 지금의 불안과 망설임도 모두 의미를 갖게 되지 않을까.
괜한 선택이 아니길, 후회만 남지 않기를 바라는 마음은 여전히 사라지지 않는다. 하지만 그 바람이 나를 움츠러들게 하기보다는, 오늘의 자리에 다시 앉게 만드는 힘이 되기를 바란다. 첫 도전이기에 서툴고 느릴 수

밖에 없다는 사실을 인정하면서도, 그래도 끝까지 가 보겠다고 스스로에게 말해본다. 아직은 시작이고, 아직은 첫 줄에 불과하지만, 이 문장을 쓰고 있다는 사실만큼은 분명하다. 졸업을 향해, 나는 지금 혼자의 책상 앞에서 조용히, 그러나 분명하게 걸음을 떼고 있다.

졸업장

공부도 평범
운동도 평범
모든 게 평범해서 상장 받기란
하늘의 별 따기였던 나에게
12년 동안 수고했다며
주어지는 종이 한 장

그 종이 한 장은
빛나는 1등 성적도 아니고
재주가 있어 받는 상장도 아니지만
열심히 걸어왔던 나를 보듬어주는 손길이다

평범했던 시간이 모아
특별한 시간이 되었다는 것을 종이가 알려준다
종이에 쓰인 나의 세 글자는
어느 때보다 가장 빛난다

마지막 커트

졸업식이 막 끝났지만, 여전히 내가 졸업했다는 게 실감이 나지 않는다. 3월이 되면 또다시 학교로 돌아가 문화관 계단을 오르내리고, 수업이 끝나면 흡연구역에서 담배를 피우며 장충단 공원에서 게이트볼을 치는 할머님들을 바라보게 될 것만 같다.

하지만 이제 그런 순간들은 다시 오지 않는다.

동국대학교 영화과에서 내 20대를 보냈다. 문화관 외벽을 타고 올라가던 담쟁이덩굴, 신라호텔 객실 창문에서 새어 나오던 불빛, 사전 작업실 책상에 남아 있던 낙서들, 오래된 영화 DVD들과 포스터들, 무겁고 차가운 촬영 기재들, 1층 현관 로비에 놓여 있던 조형물, 연극학부 학생들의 노랫소리, 누군가를 마주칠 것만 같던 2층 복도까지.

눈을 감으면 상영이 시작되는 기억으로 내 안에 남을 것이다.

나는 특별히 학교를 사랑하는 학생은 아니었다. 도망치고 싶었던 순간이 더 많았고, 다시는 돌아오지 않겠다고 마음먹었던 날도 있었다. 그럼에도 학교는 끝내 나를 받아주었고, 지켜주었고, 아무것도 증명할 수 없던 시절의 나를 대신 증명해 주기도 했다. 우습지만, 나는 대학생이었기에 지난 8년을 버틸 수 있었다.

영화를 만든다는 일은 결국 삶을 바라보는 방식과 닮아 있었고, 졸업은 그 방식을 품고 혼자 걸어가라는 신호처럼 느껴진다.

졸업을 축하해. 그동안 고생했어. 그리고 즐거웠어.
컷! 오케이!

열아홉의 끝에서

어떤 날보다도 오랫동안
나는 교실의 창가에 서서 먼 곳을 바라보았다

창으로 스며든 햇살마다
우리들의 이름이 투명하게 스며들고
그 사이 저마다의 꿈이 편린처럼 스쳐 보이던 날

우리의 숨결이 묻은 교실,
우리가 앉은 자리는 그대로인데

우리의 내일은 어제와 다른 속도로
우리 곁에 다가오고 있다는 걸
느끼는 날이었다

작게 고동치는 심장 소리처럼
열아홉의 나는 가만히

그 시간의 속사포를 듣고 있었다

우리의 말은 서툴렀지만
그 사이에는 아기자기한 추억이 있었고

마주 보며 웃던 단발머리 여고생들은
이제 서로의 등 뒤에서
각자의 내일을 조용히 토닥거리고 있었다

열아홉의 꿈
열아홉의 희망
그리고 열아홉의 무게

졸업은 내일이 없는 것이 아니라
새로운 내일의 문으로 들어서는 것임을

열아홉의 그날
우리는 어렴풋이 알고 있었을까

창가에 머무는 빛처럼 아른거리는 우리의 꿈도
언젠간 선명히 우리 곁에서 빛나리라는 걸

졸업이던 하루 그날 이후의 이야기

너에게 꽃다발을 건넨다

너에게
꽃다발을 건넨다

아침 해처럼 마주 웃고
저녁달 처럼 속삭이던
우리의 나날들에게
나의 꽃다발을 건넨다

우리가 나란히 걷던
그 길, 그 골목마다

흔들리던 날들
흔들리는 나를 손잡아준
너의 모습을 그려보면서

수많은 계절
같은 길을 걸어와
같은 곳에 서서
이윽고 한 장의 사진을 남기는 우리

함께 나눈
열아홉의 시간을 품고
우리는 각자 새로운 길 위에 놓였구나

돌아보니
어른이라는 글자를 향해 가던 날들
우리가 있어 좋았다

다시 돌아오는 계절
처음 만난 스무 살의 봄은
우리가 품은 꽃다발처럼
아름답겠지

어색한 사이였다

어색한 사이였다.

간식 하나 건네지 못하고,
머뭇대기만 하던
조용한 거리.

용기 내어 다가가 보지만
번번이 실패로 돌아갔다.

그런데 네가 먼저 다가왔을 때,
감당할 수 없을 만큼의
행복이 한꺼번에 밀려왔다.

지금은 누구보다 편하다.
그때의 어색함은
조용히 지나간 기억이 되었다.

마지막 날

마지막 날이다.

기나긴 시간이 지나, 오늘이 왔다.

졸업이라는 연필로 나라는 종이에 당당하게 적었다.

내가 어떤 모습이 되었든, 묵묵히 옆에 있어 주던
청춘이라는 두 글자가 오늘따라 더 밝게 보였다.

잘 가, 나의 마지막 청춘아.

이제 편히 쉬렴.
아무런 걱정 없이, 온전한 휴식을 취하렴.

끝내 하지 못한 마지막 날의 고백

졸업식에서 학사모 쓴 널 봤어.
싱그러운 꽃다발을 들고 친구들 사이에서
8월의 여름 푸른 하늘에서 내리쬐는 햇볕보다 더 밝
은 널 봤어.

네 눈동자에 비친 영원불멸할 듯한 순간들이
선선하게 불어오는 바람에 휘날리는 네 머릿결이
네 볼에 수려하게 팬 보조개가
너무나도 아름다워서
경이로워서.
가만히 서서 바라보는 것밖에 하지 못했어,
바보같이.

그러니까, 나는 너에게 좋아한다고 말했었어야 했는데.

너에게 내 마음을 표현해 봤어야 했는데.
좋아한다는 그 청춘의 마지막 한마디를
푸른 포장지에 조심스레 포장해서 너에게 보냈어야
했는데.

좋아해.

이제는 졸업합니다.

하루생각이 지나갈 때마다 잡지 않았어.
하루 마음 또 오면 붙잡을 거라서
계절이 바뀌어도 눈인사를 하며
어쩌다 좋아해서 눈물도 흘려.

아파서도 아니고 보내는 게 좀 그래.
하지 못한 얘기가 줄지어 그래.

살아가다 보면 말 못 해 울고,
살아가며 그냥은 말 안 해 웃어.
살아지면 잊은 듯 말 없어지고,
살아있는 생각만 말하고 있지.

가끔은 나만 그래? 했을 때 있고,

가끔은 누구나 그래. 위로를 했어.

알 수 없는 인생에 물음표도 던져
속절없는 정답에 마침표를 찍고
알 수 없는 내일을 잠도 재우며
고장 난 시계 되어 알람을 켰지.

시도 때도 모르는 내 생각으로
모눈종이 선들로 마음에 갇혀.
가만히 보려니까 아파서 좀 그래.

반복되는 내일 오면 줄도 치우고
무뎌지는 세월에서 발도 내딛고
입학하던 그때의 마음이 되어
미안했던 시간들과 졸업하려 해.
어른이 됐으니... 어른이 되려고...

졸업의 무게

사람들이 명지를 부르는 이름은 세 가지였다. 하나는 지인들이 부르는 김명지. 세상에 존재하는, 혹은 존재했던 인간이라면 하나씩 가지고 있는 공식적인 "이름"이다. 다른 두 이름은 결국에는 하나인, 명지를 분류하기 위해 만들어진 이름이었다. 자립 준비 청년, 그리고 보호 종료 아동. 명지는 이 명칭들이 부담스러웠다. 너는 앞으로 혼자 살아야 해. 그리고 앞으로 너를 보호하지 않을 거야. 라며 단언하는 것처럼 느껴졌다.

명지는 졸업이 다가오지 않기를 기도했다. 다른 친구들이 청소년과 성인, 그 은근한 사이를 즐기던 때, 명지는 자립을 준비하고 있었다. 졸업 이후 2월이 되면, 명지는 지금 머무는 보육원을 떠나야만 했다. 보육원에서 명지를 데리고 있을 이유가 사라지기 때문이었다. 종종 다른 아동 보호 시설에서는 25살까지 기간

연장을 할 수 있었지만, 명지가 머무는 곳은 성인이 된 아이들을 관리 할 여력이 되지 않았다. 보육원 생활이 좋았다고 할 수는 없지만 10년이 넘도록 살아온 곳을 떠난다는 건 불안함이 컸다. 학교를 졸업하면 명지를 보호해 줄 울타리들이 하나둘 사라지는 것이었다. 명지에게 졸업식이라는 단어는 보호 종료의 시발점처럼 느껴졌다.

명지는 수능이 끝나자마자 아르바이트를 구했다. 애초부터 대학을 가겠다는 생각은 한 적이 없었다. 공부도 열심히 하지 않았을뿐더러 대학 등록금은 꿈도 못 꿀 큰 액수였다. 보육원을 떠날 때 나라에서 주는 자립 지원금은 딱 자취 집 보증금으로 쓰면 사라질 정도의 돈이었다. 자취 집을 구한다고 한들 텅 빈 집에서 이불 한 장 없이 살아갈 수는 없지 않은가. 명지는 일해야만 했다. 친구들은 아침, 저녁을 가리지 않고 술을 마시자고 불러 댔다. 입시도 끝났겠다 성인도 됐겠다 술을 마시지 않을 이유가 없었다. 명지는 맛도 없는 술을 왜 먹는지 모르겠다는 핑계로 약속을 거부하며 아르바이트를 하고 있다는 사실을 숨겼다. 다른 친구들은 드디어 찾아온 스무 살을 즐기고 있는데, 혼

졸업이던 하루 그날 이후의 이야기

자만 앞으로의 생계를 고민해야 하는 현실이 싫었기 때문이었을까.

아르바이트 후, 집을 구하기 위해 부동산 직원을 만나러 가는 길. 보육원 근처에 있던 중학교 졸업식이 끝난 것 같았다. 묘하게 들뜬 분위기, 슬픔과 기쁨이 공존하는 얼굴이 가득한 학생들, 꽃다발을 건네며 사진을 찍어 대는 가족들 사이, 한 학생이 눈에 들어왔다. 꽃다발 하나 없이 터덜터덜 걸어가는 모습이었다. 명지는 그 모습이 어쩌면 자신의 미래일지도 모르겠다고 생각했다. 중학교 졸업식 때는 보육원 언니, 오빠들이 와주었지만, 지금은 모두 각자의 삶을 살아가는 탓에 연락이 어렵기 때문이었다. 저 손에 꽃다발이라도 있으면 덜 외로워 보일 텐데. 그렇다고 갑자기 꽃다발을 사와 건넬 수도 없는 노릇이었다. 명지는 그 허전한 뒷모습을 잠시 쳐다보다 발길을 옮겼다.

최대한 빠르게 집을 알아봐야만 했다. 그나마 다행인 것은 명지가 사는 지역이 서울이 아니었기 때문에 월세 보증금 가격이 높지 않았다는 것이다. 집 구하기는 처음이라 인터넷을 뒤져 정보를 찾아보긴 했지만 갓 스무 살이 된 명지에게는 쉽지 않았다. 명지는 절대

사기당하지 않겠다는 마음으로 자신이 할 수 있는 한 꼼꼼하게 집을 확인했다. 여러 부동산을 전전하고 열 곳이 넘는 집을 본 후, 마음에 쏙 드는 집을 겨우 찾아낸 명지는 소중한 첫 임시 계약을 하는 데 성공했다. 첫 고비를 넘겼다는 생각에 명지는 뿌듯한 마음으로 하루를 마무리했다.

그토록 바라지 않았던 그 날, 혼자 맞이하는 졸업식은 즐겁지 않았다. 결국, 찾아와 버린 이 하루가 빨리 끝나기를 바랐다. 아니. 끝나지 않기를 바랐다. 다른 사람들의 축제 속에 있고 싶지도 않았지만, 이 축제가 끝나면 진짜 혼자가 되는 것만 같아 그것도 싫었다. 명지는 이 감정을 뭐라고 표현해야 할지 알지 못했다. 졸업에 취해있던 친구들은 본인들과 다른 감정에 사로잡혀 있는 명지를 안아주었다. 위로하기 위함은 아니었을 것이다. 명지가 어떤 기분인지 그 친구들은 알지 못했을 테니. 친구들과 반강제적으로 사진을 찍어대다 보니 어느새 학교를 완전히 떠날 시간이 되었다. 모두가 들고 있는 꽃다발, 모두에게 있는 가족이 명지에게는 없었다.

'나도 가족이 있었으면⋯⋯.'

언제나 하는 생각이었다. 길을 걷기만 해도 아이들 대부분은 가족과 함께였다. 그런 아이들을 볼 때마다 명지는 가족이 있었으면 좋겠다는 생각을 했다. 친구들과의 대화에서도 가족이란 존재는 빠지지 않았다. 가족 여행으로 어디를 갔다 왔다는 둥, 아빠가 사준 옷이라는 둥, 동생이랑 싸웠다는 둥. 가족 이야기만 나오면 명지의 기분은 바닥으로 가라앉았다. 게다가 입학식, 가족 참관 수업, 졸업식과 같은 큰 행사에서는 그 빈자리가 더 크게 느껴질 수밖에 없었다. 몇 번이고 반복된 상황들이 익숙해질 만도 한데 명지의 가슴은 매번 처음 마주한 상황인 듯 쓰라렸다.
모두가 행복해 보이던 학교 앞에서 혼자 맨손으로 쓸쓸하게 걸어가는 명지의 모습은 눈에 띄었음이 분명했다.

"잠깐만!"

학교를 벗어나려는데 누군가 명지의 팔을 붙잡았다.

그다지 친하지 않았던, 친구라고 부르기도 모호한, 그저 3년 내내 같은 반이었을 뿐인 아이였다.

"졸업 축하해. 3년 동안 수고했어."

그 친구는 생글생글 웃으며 자신은 꽃다발이 두 개라며 하나를 명지의 품에 넘겨주었다. 명지가 보육원 출신이라는 사실을 아는지 모르는지, 자신도 중학교 때 졸업식을 혼자 보냈다고, 졸업식인데 꽃다발 하나는 있어야 맛이 나지 않겠냐며 웃었다. 그 아이는 서울로 대학을 간다고 했다. 꽃다발을 건네준 친구는 수고했다는 말을 뒤로한 채 사람들 사이로 사라졌다. 어리둥절했다. 어쩌면 "학창 시절의 마지막 날"이라는 특별함이 그 친구에게 3년 동안 남몰래 쌓인 우정을 증폭시킨 걸지도 모를 일이었다. 명지에게 그 친구의 웃음은 꽃보다 화사했다. 손에 쥐어진 꽃다발은 명지를 조금은 덜 외로워 보이게 만들었다.

 꽃다발을 든 채로 명지는 부동산으로 향했다. 졸업식 아침, 자립 지원금이 들어왔기 때문이었다.

"그게 무슨 소리세요?"

"아니, 난 학생이랑 임시 계약을 한 적이 없다니까?"

"보증금 500만 원에 월세 50만 원짜리 집이요. 그때 임시 계약금으로 50만 원 먼저 넣었잖아요! 집 보여 줬던 아저씨 어디 있어요?"

"아저씨? 여기 남자는 나 말곤 없어. 여기서 계약한 거 맞아?"

"여기 맞아요. 여기 맞다고요. 계약금 보낸 기록이 있어요. 잠시만요."

송금 내용을 확인한 부동산 소장은 눈앞의 갓 스물이 된 여자애를 세상 안타깝다는 듯 쳐다보았다. 임시 계약금을 입금했던 아저씨는 이미 퇴사한 지 오래이며, 돈은 집주인에게 송금하는 것이지 부동산 직원에게 보내는 것이 아니라는 것이었다. 명지에게 집을 보여줬던 부동산 직원이라는 사람은 어린 학생의 코 묻은 돈 50만 원을 가지고 집과 함께 사라져 버린 것이었다. 소중한 임시 계약금을 잃었다는 사실과 집을 처음부터 다시 구해야 한다는 사실과 이제 곧 보육원을 떠나야 한다는 사실까지. 모든 것이 한 번에 몰려와

눈가가 뜨거워졌다. 모르는 사람 앞에서 울고 싶지 않던 명지는 고개를 처박은 채 바닥만 보며 보육원으로 돌아왔다.

"계약 잘하고 왔어?"

명지를 반기는 복지사님의 목소리에 넘쳐 나오는 눈물을 막을 수 없었다. 꽃다발은 바닥에 던져둔 채 현관에서 엉엉 울어버렸다. 복지사님은 아무 말 없이, 사기를 당했다고 말하는 명지의 손을 꼭 잡아주었다. 인생 처음으로 세상에 호되게 당한 후, 명지는 소중한 50만 원을 이렇게 잃을 수는 없다는 마음으로 다음 날 바로 경찰서를 찾아갔고, 시간이 지나 언젠가 그 돈은 명지에게 돌아왔다.

돈을 잃었다고 손 놓고 있을 수는 없었다. 2월이 되기 전에 다시 집을 구해야 했다. 또 사기당하면 어떡하나 하는 생각에 명지는 매일 연락하다시피 하는 다혜 언니에게 도움을 청했다. 자취 3년 차, 이사 경험이 2번이나 있는 언니는 너무나도 쉽게 집을 구해주었다. 진작 도움받을 걸 하는 후회가 몰려왔지만 집을 구했다

는 기쁨은 그런 생각을 잊게 했다. 집 계약을 마무리하고 명지는 언니와 밥을 먹으며 혼자 사는 삶에 대한 질문을 쏟아냈다. 혼자 사는 건 어떠냐는 질문에 재밌기도 하고 힘들기도 하다는 언니였다. 보육원에서처럼 서로 물건을 가지려 싸울 필요도 없고, 오직 자기만을 위한 물건으로 집을 채울 수 있어 좋다고 했다. 밖에서 일을 보고 집에 돌아오면 느껴지는 서늘한 공기가 슬프고 외롭다고 했다.

"다혜 언니. 다른 언니, 오빠들이랑은 연락해?"

다른 사람들에 관해 물어보자, 언니는 대답을 피했다. 그러고는 명지에게 정신을 못 차릴 정도로 많은 조언과 충고를 해댔다. 빨래에서 물 냄새 안 나게 하는 법, 수도세 아끼는 법 등은 물론, 자립 준비 청년이 받을 수 있는 지원, 조심해야 할 사람 종류까지 끝없는 잔소리의 향연이었다. 언니는 헤어지기 전까지

"사람 조심해. 명지야. 꼭 사람 조심해야 해."

라며 사람 조심을 강조하고 또 강조했다. 명지는 몰랐다. 사람이 얼마나 무서운지, 세상이 얼마나 차가운지. 2월이 되고 명지는 본격적으로 자취를 시작했다. 사회에는 좋은 사람도 있었지만, 막 성인이 된 세상 물정 모르는 명지에게 나쁜 짓을 하려는 사람 역시 많았다. 친부모라며 찾아온 사람도 있었다. 잠깐이나마 그토록 그리웠던 가족의 품이 생길 수도 있겠다는 생각이 들었다. 그렇지만 그 사람의 목적은 매달 나오는 자립 수당과 아르바이트를 하며 모은 돈이었다. 명지는 자신의 결핍을 이용하려는 인간들에게 지고 싶지 않았다. 성인이 된 명지의 첫 다짐은 마냥 착하게 살지 않겠다는 것이었다. 보육원을 떠난 언니, 오빠 중 누군가는 단순히 바빠서 연락을 받지 않는 것이 아니었다는 사실을 알게 되었을 때, 명지는 사람이 미워지기 시작했다. 그들 사이에 누가 먼저 가느냐의 문제라며, 어차피 세상은 자신들에게 관심 없다는 말이 유행처럼 돌았다는 말을 들었을 때, 세상이 싫어지기 시작했다. 사회에 혼자 던져진 명지에게 졸업이 떠넘긴 무게는 꽤 버거웠다.

마지막이 되더라도

마지막이 아니길 바랐어
교실 가득 퍼지던
언제나 환한 너의 웃음을
이제는 볼 수 없다는 사실에
눈물이 먼저 흘렀어

나의 짝사랑, 삼 년
되돌아갈 수 없는 시간들
끝내 말하지 못한 마음을
몇 번이나 펼쳤다 접으며
가슴 깊은 곳에
고이 숨겨두려 했어

어쩌면

너도 알고 있었을까
그렇다면
오늘만큼은
조용히 지나치지 않아도 될까

졸업을 축하해 주고 싶었어
너의 앞날을
진심으로 응원하고 싶었어
하지만 겁이 났어
너와 나 사이의 우정이
산산이 부서질까 봐

바람 앞에 켜둔
여린 촛불처럼
내 마음은
한없이 위태로웠어

그래도
용기를 내보려 해
괜찮아

작가님이
궁금하다면?

이게 너와의
영원한 이별이 된다 해도
전하고 싶어

받아줄래
내 마음

사

랑

해

......

우울 졸업식

우울이 심연 끝까지 나를 몰아 놓던 시기는 종식이다
겨우 한 걸음 떼려 해도 바지 끝단에 매달려
좀처럼 떨어질 생각이 없던 우울의 무게는 소멸한다

깊고 아득하던 터널은, 늪은, 어둠은 그렇게 저 멀리

손끝에서 타오르는 희망이 느껴지는가
방황하던 영혼은 남김없이 전소된다
난 비로소 정화된다

때론 뜨거운 불길이 푸른 얼음보다 더욱 시리도록 느
껴진다

눈을 뜬다

졸업이던 하루 그날 이후의 이야기

아, 세상이다
내가 그토록 기다려왔던
아니, 어쩌면 여태 잊고 있던 세상이다

시간을 그저 숫자놀이로 치부하게 만들었던
허우룩한 우울을 졸업해 본다

꽃다발은 필요 없다
이미 눈도 못 뜰 정도로
꽃이 흩날리는 세상에 발을 내디뎠으니

졸업도 결국 하루였다

나는 학교에 가기 싫어하는 학생이었다.

국어, 영어, 수학은 물론이고 체육과 미술까지, 날씨가 아무리 좋아도 정해진 시간표에 맞춰 로봇처럼 움직여야 하는 하루가 답답했다. 매 시험마다 등수가 매겨지고, 그 숫자로 나의 자리가 정해지는 생활이 왠지 모르게 숨 막히게 느껴졌다.

그런 회의감을 느끼기엔 나는 아직 너무 어린아이였다. 초등학교 3학년, 세상이 어떤 곳인지도 잘 모를 나이의 여자아이였다.

그렇게 시간이 흘러 어느새 10년이 지났고, 나의 학창 시절이 끝나는 날이 찾아왔다. 아이도 어른도 아닌 상태로 서 있던 그날, 나는 졸업식장에 있었다.

돌이켜보면 학창 시절의 하루들은 특별한 사건보다 계절로 기억된다. 창밖에 벚꽃이 피면 봄이 왔다는 걸 알았고, 햇빛이 눈 부시고 이마에 땀이 맺히면 여름이었다. 점심을 먹고 나른함이 몰려오면 가을, 찬바람이 코끝을 찡하게 만들면 아, 겨울이구나 싶었다. 그렇게 사계절이 한 번 돌면 또 한 해가 조용히 지나 있었다.

언제나 새로운 시작을 기대하기보다는 '또 지나갔구나' 하고 담담하게 받아들이는 마음에 더 가까웠다. 그렇게 무심히 흘려보낸 하루들이 쌓이고 쌓여 지금의 나를 여기까지 데려왔다.

졸업은 끝이었지만, 사실은 또 하나의 하루였다. 그리고 그 하루는 오늘의 나에게 닿아 있었다.

후일담

학교 체육 시간엔 땀 흘리며 놀던
자유 시간엔 삼삼오오 모여 떠들던
시간표와 성적표를 보고 일희일비하던 학생들은
어느새 졸업을 얼마 남겨두지 않았다

초등생과 중등생은 다음 학교를 준비하고
고등학생은 성인이 되어 학교의 울타리를 벗는다

졸업을 하기 전까지는 다들 비슷한 삶을 살지만
그 후일담에선 각자 다른 길을 펼치리

우리는 그렇게 졸업했다

등굣길.

매일 가던 곳인데 새삼스레 달라 보인다. 왜지. 친구들과 학교 욕을 엄청 했었는데 아쉬운 건지 미운 정이 든 건진 모르겠다.

급식실, 교실, 책상과 사물함에게도 인사를 건넸다. 잘 지내라고. 사라지지 말라고.

언제는 책상에 엎어져 자기만 하던 때도 있었다. 친구들과 하하 호호 웃으며 이야기를 하던 때도 있었다. 그런데 벌써 졸업이라니. 뭔가 금방 다가온 것 같다.

늘 그렇다. 철없는 우리는 시간을 잡으려 하지 않아서 시간은 우리를 두고 먼저 도망쳤다. 우리는 뒤늦게 그 공백을 알고 잡으려 하지만 이미 시간의 자리는 비어 있었다.

그렇게 졸업이 찾아왔다. 늘 가던 등굣길을 걸으며,

늘 가던 운동장을 지나쳐서 강당으로 간다. 체육을 하러 오가던 계단인데, 오늘은 유독 사람이 많아서 묘하기도 하다.

"어, 윤서야!"

"뭐야? 와있었네. 먼저 가지... 나 기다린 거야?"

"졸업하니까 애가 감성에 젖었나. 뭐라는 거야."

내 말에 윤서는 픽 웃더니 그래, 가자. 하고선 계단을 올라갔다.

강당은 평소보다 시끄러웠다.

"패스!"

"아, 야. 뭐야. 드리블 제대로 안 해?"

이런 남자애들의 목소리가 들려올 것 같은데, 농구를 하는 모습이 눈에 선한데 조금 딱딱한 모습의 강당이 여기 자리를 잡고 있었다.

"지금부터 유화 고등학교 졸업식을 진행하겠습니다."

"와... 우리가 벌써 대딩이야?"

다들 저마다 담소를 나누고 있었다. 몇 달 전부터 하던 얘긴데 묘했다. 우린 이제 성인이고, 사회를 향해 나가야 한다. 그 생각이 드디어 가슴속에 자리 잡았다.

"윤서야, 우리 같이 사진 찍자."

"유지민! 빨리 와."

지민이는 알았다고 말한 후 곧바로 달려왔다. 그러고 는 주민등록증 들고 찍자,라며 모두를 웃게 했다.

"너 진짜 웃겨."

이렇게 웃는 날이 또 있을까? 어린아이의 웃음과 어른의 웃음은 무게가 다르니까. 커가면서 웃을 일이 사라지는 건 당연한 건데도 걱정이 되었다.

내가 성인이라니. 잘 해낼 수 있을까. 지민이도 윤서도 마찬가지겠지? 그런 생각은 다들 하겠지?

"아니 오늘 국영수 다 있다니까?"

시간표를 보고 화내고 떠들던 순간들.

"급식 마라탕 나온대!"

"나이스!"

급식 메뉴 하나로 일희일비하는 건 학생들의 특징 중 하나라고 볼 수도 있었는데.

"시험 망했어."

고등학생에게는 학업도 떼려야 뗄 수 없었다. 다들 이 맘때가 좋을 때라던데, 돌아가고 싶냐면 늘 아니라고 했다. 나도 이제 그 마음을 알 것 같았다. 비록 갓 졸

업한 스무 살이지만.

[유화 고등학교 졸업을 축하합니다]

"다들 졸업 축하한다!"

내가 그렇게 소리치자 셋 모두 깔깔 웃었다.

"야 너는 진짜 끝까지 이러냐. 뭐, 그래. 이래야 김서은이지."

스무 살이지만 아직 학생 같은 대화문. 우린 아직 학생의 옷을 벗지 못했다. 하지만 괜찮았다.

"우린 청춘이니까!"

오늘을 지나면 우리는 각자의 길로 간다. 다른 강의실, 다른 사람들, 다른 하루.

그래도 우리 대학생 되고 나서도 꼭 만나자. 오늘을 잊지 말자.

졸업이던 하루 그날 이후의 이야기

민들레

노랗게 물든 하늘 아래
너와 잡고 있던 손은 놓는다
이곳에서 떠올리는 너의 모습은
잊고 싶어도 잊을 수 없는
민들레 씨앗이 되었다

학사모를 던지고
꿈을 찾아 떠나가는 너의 뒷모습이
뒤늦은 쓸쓸함으로 남아 조용히 가슴에 내려앉는다

불어오는 바람에 머릴 쓸어 올리며
네가 남기고 간
꿈에 닿지 못한 발자국 위를 걷는다

행복해질 때까지

끝내 행복해지기를
끝까지 사랑하기를

누구보다 잘하고 싶은 마음을 가진 너를
새로운 시작이라는 말에 담아
민들레 씨앗처럼 하늘로 보낸다

포도색 레몬 사탕

중학교에 진학하며 여실히 느낀 것이 있다. 아무리 친했더라도 졸업이라는 단어 때문에 헤어지기도 한다는 것.

질풍노도의 중학교 3년, 나는 그냥 조용한 아이였다. 교실 한구석 더미 같은 존재. 내게 구태여 말 거는 아이가 없었다.
한 명 빼고.

때는 바야흐로 1학년 입학 날. 반 배정이 잘 되었는지 아닌지도 모른 채로 내 번호에 맞게 임시 편성된 자리에 앉았다. 처음 입어보는 교복 치마가 불편했던 탓에 주름진 치마 끝자락을 만지작거리고 있었다. 어느덧 반에 아이들이 하나둘 차기 시작했다. 나는 별 관

심 없이 애꿎은 치맛자락만 내려다보았다. 어차피 초등학교 시절 가장 친했던 친구와도 떨어져서 알 필요 없다고 생각했었다.

어색한 아침 시간이 끝나고 중학교 첫 조회 시간. 아이들은 모두 자리에 앉아 있었다. 드르륵, 하고 앞문이 열렸다. 당연히 담임선생님인 줄 알고 고개를 들었다. 유감스럽게도 교복 입은 남학생이었다. 열없이 조금 웃으며 조심스럽게 앞문을 닫고 제자리를 찾아 앉았다. 남학생이 앉음과 동시에 담임선생님이 들어왔고 그 애는 지각 처리되지 않았다.

1교시 후 쉬는 시간. 아이들은 서로를 알아가기에 바빴다. 불행인지 다행인지 나에게는 누구 하나 말 붙이지 않았다. 그래서 그냥 그림을 그리고 있었다.

"안녕."

불현듯 그림자가 내 책상을 드리우며 낯선 목소리가 고막을 기분 좋게 파고들었다. 아침에 늦게 온 남자애였다. 무심코 고개를 들었다. 그 애는 사람 좋은 미소를 띠고 있었다.

"안녕."

"난 김도윤. 너는?"

"이수빈."

이름을 묻길래 대답해 주었다. 첫인상이 좋았다. 또래 아이들과는 달리 변성기가 아닌 안정적인 목소리를 가진 애, 폭신폭신한 토끼 인형처럼 생긴 애였다.

"사탕 좋아해?"

주머니를 뒤적거리더니 사탕을 한 움큼 꺼내어 보였다. 그러고는 하나 고르라는 듯이 사탕을 좋아하느냐고 물었다. 가운데에 있던 사탕을 집었다.

"조금은. 고마워."

때마침 종이 울렸다. 그 애는 자리로 갔다. 나는 사탕을 이리저리 만지작거렸다. 반짝거리는 보라색 포장지에 둘러싸여 있는 사탕. 포도 맛이리라 짐작하고 포장지를 뜯어 입에 넣었다. 의외로 레몬 맛이었다. 수업 시작하기 전에 다 먹으려고 와그작 씹으며 먹었다. 거슬리지 않는 신맛이 다소 마음에 들었다. 그 외의 맛은 평범했다. 그렇지만 보라색 포장지에 노란색 레몬 사탕이 있던 점, 포장지가 예쁜 것처럼 시시한 것들이 좋았다. 포장지를 버릴까 말까 고민하다가 필통에 넣었다. 그저 마음에 들었기 때문이다.

1학년 때에는 그 애와 말 섞은 일이 거의 없었다. 가끔

사탕을 받아먹고 감사 인사를 하는 수준이었다. 그러다가 2학년이 되고 그 애와 나는 또 같은 반이 되었다. 2학년 첫날에는 그냥 짧게 인사하고 말았다. 문제는 그다음이었다. 우리 반은 짝이 있는 자리 배치였다.

그 애랑 짝이 되었다.

"안녕. 이수빈, 맞지?"

"응."

형식적으로 응답했다. 차라리 모르는 애였다면 편했으려나 생각하면서도 그 애가 나에게 관심 갖지 않을 것이라고 확신했다. 반은 맞는 확신이었다. 그 애는 드물게 나에게 질문했고 내가 답해주면 보라색 레몬을 내밀었다. 다만, 문제는 그 애의 인기가 좋았다는 것이고 때문에 내 주변이 시끄러웠다는 것이다. 별로 말할 용기는 나지 않았다. 그래서 사탕의 신맛을 음미하며 조용한 애를 연기했었다. 그러다가 내가 손톱만큼 작아진 사탕을 씹을 때면 그 애는 알아서 시끄러운 애들을 자리로 돌려보내었다. 그런 눈치가 좋았다. 자리를 바꾸고 나서 우리의 왕래는 없었다. 종종 눈이 마주치면 어색하게 웃는 사이가 우리 관계의 정의였다. 2학년 끝물에 우리는 다시 짝이 되었다. 이번에는

졸업이던 하루 그날 이후의 이야기

다른 애들이 아니라 그 애가 조잘거렸다. 나는 묵묵히 고개를 끄덕이며 이야기를 들었다. 사탕은 입에 맞으냐부터 시작해서 급식 메뉴, 시험 등 갖가지 시시콜콜한 얘기를 다 해댔다. 종종 나에게 질문하기도 했다.

"취미가 뭐야?"

"그림 그리기."

나는 간단히 답해주었다. 그러면 뭐가 그렇게 좋은지 사람 좋은 미소를 지었다. 자주 나에게 장난 어린 말을 건네는 그 애의 입을 다물게 하고 싶으면서도 그 안정적인 목소리가 좋아서 봐주었다. 그 애가 모르길.

무슨 인연이 이렇게 질긴지 3학년도 같은 반이었다. 우리는 단 한 번도 짝이 된 적이 없었지만, 작년보다 더 자주 눈을 맞췄다. 올해에 그 애가 반장이 되었기 때문이다. 소외되는 학생을 챙기라는 담임의 지령을 받은 건지 쉬는 시간이나 이동수업마다 나에게 말을 걸었다. 아니, 장난이라고 부르는 게 맞을 것 같다.

"까마귀, 또 뭐 그리냐."

그 애가 주는 사탕 껍질을 계속 모았다. 어느 날 그 껍질들을 보더니 나한테 까마귀란다. 반짝거리는 거 모으는 게 딱 까마귀라고 하면서. 그 말에 유치하다고

비웃어주었다.

그 애가 장난치는 방식은 늘 비슷했다. 뒤에서 머리를 톡 치거나 내가 그린 그림을 평가하거나. 뭘 그려도 못 그린다고 날 비웃는 그 애의 입꼬리가 참을 수 없게 열받았다. 그러면서도 허구한 날 자기를 그려달라고 하는 모순이 할 말을 잃게 했다.

"왜 자꾸 그려달래. 언제는 그림 못 그린다며."

"아니 그거랑 무슨 상관인데."

그런 그 애 모르게 그림을 그렸다. 하루가 끝나가면 내 방 책상에 앉아 기억에 의존하여 그림을 그렸다. 그 애의 얼굴, 손, 뒤통수 등을 스케치북 한 장에 그렸다. 나중에 줘야지 생각하면서 연필을 움직였다. 그 애의 말투와 목소리를 담을 수 없음이 조금 아쉬웠다.

2학기 기말고사를 끝내고, 고등학교 지원서를 쓰고 보니 어느새 졸업이 드리웠다. 졸업식 하루 전날, 그러니까 어제 그 애는 이벤트를 준비한다고 했다. 방과 후에 남아서 졸업식 이벤트를 준비한다고.

"같이 할까?"

내가 무심하게 물었고 그 애는 미소를 지으며 수락했

다. 한 시간 정도 교실을 꾸미고 우리는 함께 하교했다. 옅은 주황색으로 물들어 가는 하늘을 보며 소소한 대화를 나누었다.

"학교 어디 가?"

평소보다 조금 낮은 목소리로 그 애가 물었다.

"그냥 이 주변 일반고. 너는 어디 가냐?"

"나도. 같은 학교면 좋겠다."

그 말에 허, 하고 웃었다. 뒷말을 더 하지는 못했다. 그 말이 평소와는 다른 여운이었다. 그 애도 비슷하게 웃었다.

졸업식은 강당에서 진행되었다. 우리는 또 짝이었다. 이번에는 그게 다행이었다. 그 애한테 줄 것이 있었다. 1년 동안 그린 그 애의 그림들. 졸업 선물로 주기로 했다. 사탕 어디서 사냐고도 물어봐야 한다.

폐식사가 끝나고 나와 그 애의 중학교 생활이 막을 내렸다. 나는 졸업의 무게에 잠겨있는 그 애에게 말했다. 구매처를 받아 적으려고 휴대전화 메모장도 켜고 있었다.

"너 그 사탕 어디서 사?"

그 애가 나를 보더니 웃었다. 그러고는 내 휴대전화을 뺏어가 무언가 적었다.

"내 번호. 궁금하면 500원."

또 장난질이다. 이제는 익숙해져서 그 말을 가볍게 무시하고 그림을 건넸다. 그림이 담긴 종이를 한 장씩 넘겨보는 그 애의 눈이 점점 커졌다.

"안 그려준다더니 아주 정성 들여 그렸네."

"졸업 선물이야."

"고맙다. 눈물 난다."

그 말이 공기 중으로 완전히 흩어지고 나서 우리는 누가 먼저라고 할 것 없이 피식거렸다. 이내 강당을 나온 우리는 손을 흔들며 헤어졌다. 혼자 집으로 가는 길에 계속 그 전화번호를 보았다. 첫 번째 문자는 뭐라고 보내야 좋을까. 고민 끝에 최선의 문장을 구사했다.

앞으로도 그 사탕은 네가 주면 좋겠어.

하루하루 졸업 중

졸업 이전에는 그때가 좋은 줄 모른다. 나도 그랬다.

지방의 학교였지만, 좋은 사람들과 좋은 교수님을 만나 행복하게 캠퍼스 생활을 하며 축구심판 활동을 병행했다. 15학번으로 입학해 2022년 2월 졸업까지, 나는 참 많은 사람과 많은 시간을 함께했다.

코로나가 여전히 기승을 부리던 시기, 나는 졸업 후 진로를 고민하게 되었다. 사실 학부생 때 이미 방향을 정하고 대비했어야 했지만, 축구심판이라는 일이 영원할 줄 알고 아무런 준비를 하지 않았던 것이 내 잘못이었다.

그때, 한 심판 선배에게 전화가 걸려 왔다. 평소 연락해 본 적 없던 선배의 말은 단순했다.
"우리 축구교실에서 일해보자."

나는 내가 좋아하는 축구를, 내가 좋아하는 아이들에게 가르칠 수 있다는 기쁨으로 출근을 시작했다.

졸업 후 한 달 만에 취업에 성공했지만, 나는 '선취업 후 자격증 취득'의 과정을 맞이해야 했다. 출퇴근하며 자격증도 준비해야 했기에 힘들었지만, 아이들을 가르치기 위해 자격을 갖춰야 한다는 생각에 열심히 달렸다.

내가 취득한 자격증은 '스포츠지도사'였다. 5월 필기시험, 7~8월 실기 및 구술시험, 9~10월 연수와 실습을 거쳐 발급되는 과정이었다. 졸업 전에 했다면 훨씬 수월했을 텐데 하는 후회가 밀려왔지만, 무사히 모든 과정을 통과하고 2022년 12월 생활스포츠지도사(축구) 2급 자격을 취득하며 자격증 과정까지 '졸업'할 수 있었다.

그러나 첫 직장이던 축구교실에서 퇴사하고, 나는 다시 졸업 후 무직 신세가 되었다. 다행히 교회에서 운영하는 대안학교 체육수업과 대학 축구동아리 코치 활동으로 축구와의 연결고리는 유지할 수 있었다. 하지만 무엇을 할지, 어떤 길로 나아갈지는 여전히 알 수 없었다. 나는 자동차 탁송 기사로 일하며 방황을 이어갔다.

약 1년의 방황 끝에 대학원에 입학했고, 두 번째 학기인 2025년 1학기에 학교스포츠클럽 강사로 중학생 축구 수업을 맡게 되었다. 중학교 아이들과의 호흡은 생각보다 좋았고, 가르치고 수행하는 모습을 지켜보며 느끼는 즐거움을 다시금 되찾았다.

졸업 전, 진로 설계가 부실했던 나의 과거 모습은 이제 옛날이야기처럼 느껴진다. 그래도 그때로 돌아간다면, 졸업 전에 무언가 설계를 해둘 것이다. 그래야 방황을 줄이고 공백을 최소화할 수 있으니까.

졸업이란 꼭 학교나 공식 과정만을 의미하는 것은 아닐지도 모른다. 어쩌면 우리 삶 속 하루하루가 매일 '졸업 중'인 것일 수 있다. 하루가 쌓이고, 또 하루가 쌓여 어느 순간 우리는 이전과 다른 모습으로 서 있다. 남들 눈에는 드러나지 않아도, 우리는 매일매일 졸업을 맞이하며 성장하고 있는지도 모른다.

우리만 아는 졸업 앨범

평생을 푸르르기만 한 소나무인 줄 알았지.
언제나 싱그러웠던 널 보며 변하지 않을 줄 알았어.

비가 오고 찬 바람이 불고 눈이 내리면서 알았지.
결국은 변하는구나.
우리도 똑같았구나.

비록 난 너를 졸업하게 되었지만
그간의 시간들을 후회하지 않아.

미치도록 뜨거웠던 날들도
뼈가 시리게 추웠던 날들도
모두 아름다웠으니까.

먼 훗날 먼지 아래 숨어있는 졸업 앨범을 보며
서로가 없는 곳에서, 서로가 없이도
기어이 웃을 수 있기를.

추방

졸업은 일종의 추방이다.

떠나는 이도 떠나고 싶지 않고, 보내는 이도 굳이 보내고 싶지 않지만, 그저 그럴 때가 되어 어쩔 수 없이 맞이하는 그런 것. 나오고 싶지 않아도 강제로 나와야 했기에, 한 번 나오면 다시 속할 수 없기에, 나에게 졸업은 추방과도 같은 의미였다.

학교라는 곳이 그리웠던 가장 큰 이유는, 그곳은 언제나 사람들과 함께인 사회였기 때문이다. 졸업 이후 곧바로 대학 진학이란 선택을 하지 않았기에 더욱 그렇게 느꼈을지도 모르겠다.

나는 17살에 공교육 대신 '사회 문제 해결 프로젝트 수업'을 내세운 대안 학교를 택하였고, 2년 반을 다닌 뒤 졸업하였다. 당시 함께한 팀원들과 학교에서 하던

프로젝트를 졸업 이후에도 실제 일로서 이어서 이어 나갔고, 그렇게 2년 반을 지속했었다.

그 2년 반 동안 사람에 대한 그리움이 점점 커졌다. 물론 매일 보는 팀원들, 종종 만나는 친구들 덕분에 즐거웠던 적도 있었지만, 비교적 작아진 사회 속에 외로움을 느끼는 시간이 늘어났다. 조용히 일을 하고 자취방에 돌아와 혼자 조용히 지내는 나날이 많아졌다. 새로운 사람을 만나거나, 나의 사회를 확장하려면 큰 노력이 필요했다.

반면, 학교에 다닐 때는 그렇지 않았다. 언제나 좋은 친구들, 선생님이 항상 주변에 있었다. 서로 즐겁게 웃기도, 싸우며 감정의 골이 깊어지기도, 그러다 화해하기도 하는, 언제나 좋다곤 할 수 없는 사람들과 함께하는 삶을 나는 좋아했다.

졸업 후에 그 사실을 알았다. 그런 삶이 소중하다는 것을, 나는 사람들이 필요하다는 것을, 혼자가 더 힘들었다는 것을.

두 번째는 소속감의 부재이다. 마치 국립 생태공원에서 제한적이지만 보호받는 삶을 살다가 덜컥 야생으

로 등 떠밀려져 나와, 자유롭지만 직접 헤쳐나가야 할 것이 많아진 동물이 된 느낌을 받았다.

학교라는 집단과 선생님의 존재가 주는 심적인 안정이 생각보다 크다는 것 역시 졸업 이후 더 크게 느껴졌다. 잠시 방황하거나, 어려운 시기를 겪는다고 한들 돌아갈 곳이 있다고 느껴졌다. 나에게 문제가 생겼을 때 나를 도와줄 든든한 방패와 같았다.

졸업 후에는 앞으로 내게 다가올 모든 일을 스스로 해결해야 한다는 압박감이 들었다. 보이지 않는 무거운 돌덩이를 항상 짊어진 느낌이 들었다. 그 돌을 내려놓고 싶어서 전전긍긍하고, 그 돌이 나를 짓누를 것 같은 불안감이, 이전보다 훨씬 강해졌다.

소속감이 소중해졌다. 몸을 둘 곳은 있었지만, 마음을 편하게 맡길 곳이 없었다. 마음의 방랑자는 더 쉽게 지치고, 무기력해지고, 길을 잃었다. 대전에서 16년을 살다가 혼자 서울로 올라온 지 3~4년 차였던, 지금보다 조금 어렸던, 거리가 멀어 집이 심적으로 멀어 보였던 그때의 나에게, 타지의 학교가 주는 소속감이 절실했었다.

졸업이 그저 낭만적이지 않았던 한 아이. 2년 반의 추방자, 방랑자의 시절을 지나 조금 늦은 대학 진학을 선택한 데에는 물론 학업과 진로 등의 이유도 섞여 있지만, 무엇보다도 사람들과 함께하는 삶과 소속감이라는, 졸업이 내게 안긴 결핍을 채우고자 하는 욕구가 강했기 때문이다.

사람들과 함께 공부하고, 프로젝트를 하고, 웃고 놀게 될 미래도 기대되지만, 그들과 나 사이에 있을 갈등과 싸움, 심적인 혼란, 이를 풀어나가기 위한 노력까지 바랐다. 힘든 길이란 건 알지만, 17~19살의 내가 속했던 그런 사회로 돌아가고 싶은 마음이 컸다.

조금 더 편하게 마음을 맡길 곳이 생긴다는 안정도 있다. 1~2년 전에 비해 내 마음을 나에게 조금 더 맡길 수 있게 되었지만, 일부를 책임져 줄 무언가는 여전히 필요한 것 같다.

익숙함으로부터

나는 여러 번 졸업했다. 그러나 그중 몇 번만이 교문 앞에서 이루어졌다. 나머지는 아무 표식도 없이 지나갔다. 책상 위에 남겨진 물건처럼, 더 이상 쓸 일이 없어진 역할처럼. 내가 자꾸만 무언가를 써 내려가는 일은 그래서일지도 모른다. 나의 여정에 마침표가 찍히고, 하나의 형태로 세상에 놓인 그 일들이 무언가 의미가 있기를 바라는 마음에서.

마지막 출근은 크리스마스였다, 공교롭게도. 언젠가부터 버티지 못하는 허리 탓에 상대적으로 근무 시간이 짧은 오픈 조로 들어간 지 6개월이 된 시점이었다. 검은 반소매 셔츠의 단추를 채우고, 머리를 정갈하게 묶는다. 인이어를 차고, 왼쪽 가슴 아래 명찰을 단다. 하나로 묶은 머리를 머리 망 안에 넣고, 잔뜩 닳은 표

정을 한 거울 속의 내 모습을 가만히 바라본다.

어떤 일은 충분히 익숙해진 뒤에 떠났다. 더 배울 것이 없어서가 아니라 그 자리에 오래 서 있으면 나 자신이 닳아 없어질 것 같아서. 시간이 지날수록 나의 존재는 허망해지고, 내가 빠져도 더 이상 아무렇지 않을 것이라는 확신이 서던 그날, 나는 비로소 졸업을 선언했다. 그래, 졸업이었다. 나는 퇴근 대신 떠났고 아무도 그것을 졸업이라 부르지 않았다.

생각해 보면 삶은 계속해서 다른 자리로 옮겨 앉는 일이었다. 익히고, 견디고, 더는 그곳에 있지 않게 되는 일. 영원할 것만 같은 일조차도 결국 끝이 있었다. 그건 학교일 때도 있었고, 직장일 때도 있었고, 인연일 때도 있었다. 떠났음에도 불구하고 몸 어딘가에 남아 있는 감각들이 있었다. 그것은 너를 졸업한 것이라고 말할 수 있을까. 여전히 다음 장으로 넘기지 못한 채.

어쩌면 졸업은 완성이 아니라 포기와도 닮아 있는지 모른다. 계속하면 부서질 것만 같은 감각. 그 감각을 인정하는 순간, 비로소 졸업은 찾아올지도. 아무도 대

졸업이던 하루 그날 이후의 이야기

신 불러주지 않는 이름으로 혼자 건너가야 하는 자리. 그날이 올 때까지 나는 여러 번의 작은 졸업을 반복하며 살아 있는 법을 연습하고 있는지도 모른다. 그렇게 졸업이 찾아오는 그날. 몸을 벗어두고 이름 없이 다음으로 넘어가는 날을 맞이하기 위해.

아직은 살아 있다는 이유로 오늘의 졸업을 조용히 지나간다. 아주 조용히.

어른이 되어가는 중입니다

나는 내가 부끄러웠다. 남들에게 내세울 것 하나 없이, 나이만 먹고 있는 자신이 한심스러워 가만히 있을 수가 없었다. 졸업을 했다는 사실이 오히려 그 부끄러움을 더 또렷하게 만들었다. 학생이라는 이름이 사라지자, 나를 설명해 주던 최소한의 명패마저 떨어져 나간 기분이 들었기 때문이다. 이제는 더 이상 "아직 학생이라서"라는 말로 나 자신을 유예할 수 없었다. 졸업은 분명 하나의 통과의례였지만, 그 순간이 나를 어른으로 만들어주지는 않았다. 오히려 더 선명해진 것은 아직 아무것도 완성하지 못했다는 자각이었다. 학생이라는 이름을 내려놓는 일보다, 그 이후의 나를 설명해야 한다는 사실이 훨씬 부담스럽게 다가왔다.

그날 이후의 시간은 갑자기 넓어졌고, 넓어진 만큼 무

엇을 해야 할지 더 알 수 없게 되었다. 막상 그 자리에서 보니 시작이라는 말은 생각보다 막연했고, 시간은 아무것도 보장해 주지 않았다. 매일 같은 하루를 보내면서도 나는 계속 뒤처지고 있다는 기분에서 벗어나지 못했다. 모든 게 사라진 그 자리에는 스스로에 대한 질문만이 남았다. 이 하루가 도대체 나를 어디로 데려가고 있는지. 그 질문 앞에서 나는 자주 머뭇거렸다. 무엇을 하고 있느냐는 질문 앞에서, 나는 늘 애매한 대답을 준비해야 했다.

같은 시기에 졸업한 사람들, 비슷한 나이의 사람들, 한때 같은 공간에 있었던 사람들의 소식이 자연스럽게 기준이 되었다. 누군가는 빠르게 자리를 잡았고, 누군가는 분명한 목표를 향해 달리고 있는 것처럼 보였다. 그 속도와 방향 앞에서 나는 자꾸만 나 자신을 설명해야 하는 사람이 되었다. 아직 준비 중이라는 말, 고민하고 있다는 말은 점점 힘을 잃어갔다. 따라서 나는, 나 스스로에게 더 엄격해야 했다. 쉬고 있는 시간에도 마음은 쉬지 못했고, 아무것도 하지 않는 순간조차 죄책감으로 채워졌다. 어른이 된다는 건 이렇게 늘 스스로를 점검하며 살아가는 일일까 하는 생각이 들었다. 누군가 대신 기준을 정해주던 시절을 지나, 이제는 모든 판단의 책임이 나에게 돌아온 상태. 그것이 생각보다 무거웠다.

졸업 이후의 시간은 나를 조급하게 만들었지만, 동시에 나를 정직하게 만들기도 했다. 더 이상 남의 기대 속에서만 움직일 수 없게 되었고, 내가 감당할 수 있는 삶의 크기를 직접 가늠해야 했다. 어른이 된다는 건, 오히려 불안과 부족함을 인정한 채, 그럼에도 불구하고 선택을 이어가는 과정에 가까웠다. 보호받던 위치에서 내려와, 스스로를 설명해야 하는 자리로 이동하는 과정. 그 과정에서 느끼는 불안과 초조함은 어쩌면 당연한 감정일지도 모른다. 아직 서툴다는 사실을 인정하는 일부터가 어른이 되어가는 한 부분이라면, 나는 지금 그 한가운데에 서 있는 셈이다.

나는 아직 어른이 아니다. 하지만 분명히, 어른이 되어가는 중이다. 졸업은 나를 완성시키지 않았지만, 더 이상 미룰 수 없게 만들었다. 나를 책임지는 사람이 결국 나 자신이라는 사실을 받아들이게 했다는 점에서, 그날은 분명 하나의 출발선이었다. 나는 아직도 종종 흔들린다. 서툴고 느리지만, 적어도 나를 속이지 않으려 애쓰는 중이다. 여전히 확신은 없고, 여전히 나 자신이 부족하다고 느낀다. 하지만 그 불안이 더 이상 나를 멈추게만 하지는 않을 것이다. 완성되지 않은 상태로도 하루를 살아갈 수 있을지도 모른다. 비교 속에서도 나만의 속도를 지킬 수 있다는 감각을 조금씩 배워가며, 나는 아직 어른이 되어가는 중이다.

대학교 졸업한 지 1년

대학교를 졸업한 지 어느덧 1년이 되었다.

졸업식 날의 공기는 아직도 선명하다. 학사모가 조금 어색했고 사진을 찍을 때는 웃었지만 마음 한편은 이상하게 조용했다. 끝났다는 안도감과 이제 정말 시작이라는 불안이 동시에 밀려오던 순간이었다.

졸업하면 모든 게 정리될 줄 알았다. 진로도 관계도 나 자신에 대한 생각도 하지만 현실은 정반대였다. 졸업은 '정답'을 주는 문이 아니라 질문이 훨씬 많아지는 통로였다. 학교라는 울타리가 사라지자 나는 매일 나에게 물어야 했다.

"지금 잘 가고 있는 걸까?"

"남들보다 너무 느린 건 아닐까?"

졸업 후 1년은 생각보다 조용했다. 매일 아침 등교할 필요도 없었고 학기라는 기준도 사라졌다. 시간은 많

아졌지만 방향은 흐릿해졌다. 누군가는 취업 소식을 전했고 누군가는 새로운 도전을 시작했다. 그 소식들을 들을 때마다 축하하는 마음과 함께 묘한 조급함이 따라왔다. 나만 제자리에 서 있는 것 같다는 기분 아마 졸업한 사람이라면 한 번쯤은 느껴봤을 감정일 것이다.

그래도 이 1년이 아무 의미 없던 시간은 아니다. 오히려 학교에 있을 때보다 나를 더 자주 마주했다. 잘되지 않는 하루를 견디는 법을 배웠고 계획이 틀어졌을 때 스스로를 너무 몰아붙이지 않는 법도 조금은 알게 되었다. 예전에는 결과로만 나를 평가했다면 이제는 과정에 있는 나도 인정해 보려고 노력한다.

졸업 전에는 '어른'이 되면 단단해질 줄 알았다. 하지만 졸업 1년 차의 나는 여전히 흔들린다. 다만 예전과 다른 점이 있다면 흔들리는 나 자신을 부끄러워하지 않게 되었다는 것이다. 불안해하는 것도 고민이 많은 것도 아직 답을 찾지 못한 것도 이 시기의 나다운 모습이라는 걸 받아들이게 되었다.

대학교를 졸업했다는 건 끝이 아니라 보호받던 시절이 끝났다는 뜻에 더 가깝다. 대신 선택의 폭은 넓어

졌고 실패해도 다시 방향을 바꿀 수 있는 자유가 생겼다. 그 자유가 때로는 무겁지만 분명 값진 것이기도 하다.

졸업한 지 1년

아직 "잘 살고 있다"고 자신 있게 말할 수는 없다. 하지만 "도망치지 않고 하루하루를 지나오고 있다"고는 말할 수 있다. 어쩌면 지금의 나는 성공보다는 성실함을 배우는 중인지도 모른다.

이 1년은 나를 증명하는 시간이 아니라 나를 이해하는 시간이었다. 그리고 그걸로 충분하다고 이제는 조금 말해줄 수 있을 것 같다.

졸업의 마침표

졸업해도 우리는
평생 볼 줄 알았다
졸업의 마지막이
우리의 마지막이라고
생각조차 하지 않았다

하지만 끊겨 버린
너의 연락
사라져 버린 너

졸업이라는 마침표가
새로운 시작을 알린다고
생각했지만
우리의 관계는 여전히
마침표였나 보다

졸업이라는 이름으로 『거침없이, 힘차게...』

졸업!
아쉬움과 함께
두근거리는 설렘이 공존한다.

가슴 깊은 곳에서 피어오르는
지난 시간에 대한 경의이자
미지의 세계로 향하는
용기 있는 발걸음의 시작

지나온 수많은 배움의 문에서

그저,
한 시기의 마침표가 아니라

삶이라는

빛나는 미래 여정의 장대한 서사이며
인생에 가장 중요한 전환점
새로운 시작이다.

다가올
옅은 안개에 싸인 미지의 시간을

설레는 기대감으로
두근대는 심장으로
작은 두려움마저 빛나는 용기로

그, 장막 활짝 거두고

밤하늘의 별처럼
어둠 속에서 더 찬란하게
강인하고 빛나는 용기로

나아갈

새로운 시작.

새로운 여정이 펼쳐질 시간

너의 무한한 잠재력으로

거침없는 질주로

가슴속 별을 품고

그렇게 힘차게 나아가 주기를...

졸업이던 하루 그날 이후의 이야기

불행한 하루

나는 한 적이 없다.
그것을 바라던 사람은 아무도 아니다.
다크초콜릿을 아이홀에 채색한 조커를 만나 버렸다.

아무도 한 적이 없는 그것을
오늘 나는 해버리고 만다.
울어버렸다.

누군가 그것의 이름을 뱉는다.
울어도 변한 것은 아무런 느낌뿐이다.
졸업이 나를 불행하게 만들고 말았다.

아픔과 기쁨은 똑같이 기억된다

시작했던 날이 분명 오래되지 않은 것 같은데,
벌써 이별이란 단어가
내 앞을 기다리고 있었다.
어두운색 하나로 가로등이 의미가 있듯

나 또한 누군가를 위한 흘리는 표정에
졸업이라는 이름으로 기억되고 싶었다.

때가 되면 시간이 말해주는 사람
마음이 되는 말이면
늦어도 언젠간 도착한다고 믿어온 것처럼
사람의 마음은 늘 빠른 것에 흔들리지 않았다.

성실한 모습에 개근상이 있는 것처럼
누군가의 작은 미소가 해를 보여주었다.

박수를 받아 얼굴빛이 변했던 그날
언젠간 돌아올 박수의 날에 또 한 번 웃음을 고쳐본다.

서장

3년이라는 시간이 지나고
우리의 졸업이 서서히 우리에게 다가오고 있습니다.

이때 문득 든 질문이
내 안에서 빼꼼하고 고개를 들었습니다.

너는 졸업을 어떻게 생각해? 라는
나의 질문에 초등학교 6학년 때부터
친하게 지내온 나의 친구는 이렇게 대답했습니다.

'호기심이자 두려움'
다시 치게 될 시험들 그리고 처음 보는 학교,
새로운 선생님들, 새로운 친구들을 향한 호기심이자
두려움이라고.

그 친구의 말을 듣고 나도 곰곰이 생각했습니다.
그리고 생각은 빨리 끝났습니다.

생각을 끝낸 나는 나의 질문에 이렇게 대답했습니다.
졸업은 어쩌면 우리가 이미 쓴 이야기의 결말이자
우리가 새롭게 쓰게 될 이야기의 서장이라고.

그리고 나는 이제 이 질문을
이 책을 읽는 당신에게 물어보고 싶습니다.

이 책을 읽는 당신은 졸업을 어떻게 생각하나요?

작가님이
궁금하다면?

1. 안세진

학창 시절의 졸업이 그리워지는 요즘

요즘은
바람이 스치기만 해도
교실 창가에 앉아 있던 내가
괜히 떠오른다.

칠판 가득 적힌 글씨보다
친구의 낙서가 더 기억나던 날들,
종이 울리면 세상이 바뀌는 줄 알았고
점심시간은 늘 짧기만 했지.

졸업식 날엔
울지 않으려 애썼는데,
교복 치마 끝에 묻은 먼지처럼
마음 한구석이 자꾸 떨려왔었다.

"이제 다 끝이야."
말은 그렇게 했지만
사실은 그날부터
조금씩 시작된 그리움이었는지도 몰라.

시간은
졸업장을 가방 속에 넣어두듯
추억을 조용히 접어두고
바쁘게 앞으로만 밀고 가는데,

나는 요즘
그때의 웃음소리가
가끔 내 하루를 흔든다.

친구의 이름을 부르면
모든 게 괜찮아질 것 같았던 시절,
아무것도 가진 게 없어서
오히려 가장 풍성했던 마음.

그 시절의 졸업은
끝이 아니라
영원히 돌아갈 수 없는
눈부신 문 하나였던 것 같아.

그래서인지
요즘은 자꾸
그 문 앞에 서 있던 내가
그리워진다.

학창 시절의 졸업한 친구들은 무엇을 하고 있을까

문득 그런 생각이 든다.

학창 시절을 함께 지나온 친구들은 지금 어디에서, 어떤 하루를 살고 있을까.

졸업식 날 우리는 어쩐지 어른이 된 것처럼 웃었지만, 사실은 아무것도 모른 채 서로의 등을 두드려 주던 아이들이었다. "연락하자"라는 말은 아주 쉽게 했고, "꼭 다시 만나자"는 약속도 정말 진심이었다. 그때는 몰랐다. 우리가 그렇게 멀어질 줄, 그리고 멀어진다는 것이 꼭 싸우거나 미워해서가 아니라 그냥 살아가다 보면 자연스럽게 일어나는 일이라는 것을.

요즘엔 가끔, 가방 속에서 오래된 사진 한 장을 꺼내 본 사람처럼 기억 속 친구 얼굴이 불쑥 떠오른다.

교실 뒤 창가에서 늘 조용히 책을 읽던 친구, 시험만 끝나면 운동장으로 뛰어나가 웃던 친구, 쉬는 시간마

다 군것질을 나눠 먹던 친구, 선생님께 혼나면서도 서로 눈빛만으로 웃음을 참던 친구들.

그때의 우리는 같은 교실 안에서 같은 하루를 살았다. 같은 교복을 입고 같은 길을 걸으며 비슷한 걱정을 나눴다. 그러니 당연히 앞으로도 계속 같은 길일 거라고, 어쩌면 철없이 믿었는지도 모른다.

하지만 졸업 이후의 삶은 한 방향으로 나란히 가는 길이 아니었다.

누군가는 대학으로, 누군가는 바로 사회로, 누군가는 꿈을 따라 먼 도시로 떠났고 누군가는 집 근처에서 삶을 시작했다. 누군가는 빨리 어른이 되어야 했고 누군가는 한참 동안 방황했다.

그리고 우리는 연락처는 그대로인데 연락할 용기가 줄어드는 어른이 되어갔다.

SNS를 통해 가끔 보이는 친구들의 소식은 이상하게도 선명하다. 결혼 사진 속 환하게 웃는 얼굴, 아이를 안고 있는 모습, 새로운 직장 명함을 든 사진, 출장지에서 찍은 풍경, 운동으로 다져진 몸과 건강해 보이는 표정.

그 모든 장면을 보며 나는 마음속으로 조용히 인사한

작가님이
궁금하다면?

다. 잘 지내고 있구나, 정말 다행이다.

그런데 동시에 괜히 마음 한구석이 찡해질 때도 있다. 우리는 분명 친했는데, 언제부터 이렇게 서로의 '소식'만 확인하는 사이가 되어버린 걸까.

예전에는 하루 동안 있었던 일을 다 말하지 않으면 안 될 것 같았는데, 지금은 "잘 지내?" 한마디를 보내는 것도 상대의 시간을 방해할까 망설이게 된다.

그래도 나는 가끔 상상해 본다.

늘 반장을 했던 그 친구는 지금도 책임감 있는 사람이 되어 어딘가에서 사람들을 이끄는 일을 하고 있을 것 같고, 늘 웃음을 주던 친구는 힘든 날에도 유쾌함을 잃지 않고 누군가의 하루를 환하게 만들어 주고 있을 것 같고, 말 없던 친구는 오히려 더 깊어진 눈빛으로 자신만의 자리에서 단단히 살아내고 있을 것 같다.

혹시 겉으로는 멀쩡해 보여도 마음속으로는 많이 지쳐 있을까. 혹시 가끔은 나처럼 학창시절을 떠올리며 '그때가 참 좋았지' 하고 웃어줄까.

그런 생각이 들면 친구들이 갑자기 더 소중하게 느껴진다. 우리는 모두 각자의 사정으로 어른이 되었고, 각자의 무게로 오늘을 견디며 살아가고 있으니까.

사실 친구들이 지금 무엇을 하는지 궁금한 이유는 단순한 호기심 때문만은 아닐 것이다. 그 질문 속에는 어쩌면 내가 잘 살고 있는지 확인하고 싶은 마음도 있다. "그 친구도 열심히 살고 있겠지." 그렇게 생각하면 내가 조금 부족한 날에도 다시 마음을 일으킬 수 있으니까.

그리고 또 하나, 우리의 그 시절이 진짜였다는 걸 다시 확인하고 싶은 마음이기도 하다.

분명히 그때의 우리는 누군가를 좋아했고, 누군가를 미워하기도 했고, 웃고 울며 하루를 채웠다. 그 모든 기억이 지금의 나를 만들었다는 사실이 어쩐지 다정하게 느껴진다.

그래서 나는 오늘도 졸업한 친구들이 무엇을 하고 있을까, 문득 궁금해진다.

바쁘게 사느라 잊었다가도 어떤 날엔 그 시절의 이름들이 마음속에서 조용히 빛난다.

언젠가 우연히라도 길에서 마주치게 된다면 나는 아마 그때처럼 웃고 싶다. "야, 오랜만이다." 그 한마디로 우리 사이에 쌓인 시간들이 잠시라도 부드럽게 풀릴 수 있도록.

그리고 마음속으로 이렇게 말하고 싶다.

다들 참 잘 살아왔구나.

그 시절의 우리가 여기까지 왔구나.

오늘도 어딘가에서 우리 각자의 삶을 살아내고 있는
졸업한 친구들에게 조용히 안부를 보낸다.

꽃다발

졸업식 날,
건네받은 꽃다발

축하와 행복을 기원하는
뜻깊은 꽃다발

이제, 졸업이야
친구들과의 이별이자 새로운 시작, 졸업인 거야

꽃다발이라는 추억 속에 감춰질,
시들어가는 기억이야

잘 말려서, 예쁘게 간직하자
잊지 않고, 오래오래 간직하자

지나간 세월의 배

사람들은 말했다. 이 세상이 창조된 이후로, 많은 사람이 깊은 바다 아래에 잠들었다고. 그중에는 내가 아는 이들도 있었다.

졸업식 날이었다. 슬픔이 가슴에 새겨지고 잊을 수 없는 상처가 뇌리에 박힌 채 추운 한겨울, 졸업을 맞이했다. 학교에서 지냈던 추억들이 새록새록 떠오른다. 그리고 이젠 볼 수 없는 얼굴들도 같이 사회로 나왔다. 사회로 나오는 날, 곧바로 다시 어딘가로 돌아가야 하는 그 학생들은 모두의 기억 속에서 아주 희미한 한 줄기 실로만 엮여 있을 것이었다.

그 일이 있고 1년 뒤 사고 1주기가 되었을 때, 나와 다른 생존한 몇몇 친구들은 다시 한번 그 바다를 찾아갔다. 아직 찬 바다에서 나오지 못한 친구들과 선생님, 그리고 돌아가신 교감 선생님까지. 그리운 얼굴이 많다.

그 배를 탈 때엔 설렘뿐이었다. 수능 준비를 해야 하는 3학년이 되기 전 고등학교 2학년은 학생 생활기록부를 채우는 활동을 해야 했다. 그리고 수시를 위한 중간고사, 기말고사 등 많은 일정이 휘몰아치는 해였다. 1학기 중간고사가 끝난 다음 주, 우리는 바로 제주도를 향한 수학여행을 출발했다. 오랜만에 느끼는 해방감에 모두가 들떠있었다.

배에 타자 본격적으로 수학여행을 즐기기 위해 갑판 위로 나갔다. 배는 생각했던 것보다 컸다. 원래 '배가 이렇게 큰가?'라고 생각했다. 하지만 그게 무슨 상관일까, 그저 지금이, 이 순간이 행복했다.

밤에는 불빛이라곤 배에서 나온 것밖에 없어 아주 깜깜한 밤이었다. 밤 9시쯤 동쪽 하늘에 커다란 보름달이 보였다. 가져온 카메라로 넓게 펼쳐진 검은 밤바다와 달과 별이 수를 놓아 한 폭의 그림 같은 하늘을 한 장면에 담았다. *셔터 스피드를 느리게 설정해 아름다운 세상을 찍었다. 역시 어두워서 빛을 오래 모아야 했다.

그리곤 선생님들과 친구들이 함께 불꽃놀이를 했다. 밝은 불빛들이 아름다운 그림 위에 꽃비를 내리게 했다. 다음날 생일이었던 친구와 함께 12시 카운트다운을 하며 손을 마주 잡고 기도했다. "예서야 생일 축하해." 친구들과 다 함께 환호하며 생일을 축하했다.

아침 7시 반쯤 일어나 적당히 씻고 한 층 아래인 3층으로 아침을 먹으러 갔다. 아침은 별로 맛은 없었다. 도시락 같은 햄 반찬과 시금치, 그리고 적당한 사골국을 배식받았다. 같은 방을 쓰는 친구들은 조금 더 잔다고 해서 같은 반 친구들과 노닥거리며 아침을 먹었다. 그리곤 곧바로 매점을 향해 친구들과 돌진했다. 매점은 어제 슬쩍 보기만 해서 그날 처음 들어가 봤다. 매점에서 사이다를 샀다. 제일 좋아하는 음료수여서 갑판에서 바다를 보면서 친구들과 마시며 놀려고 했다. 8시 30분까지 갑판에서 친구들과 신나게 수다를 떨었다.

9시에 각 객실에서 아침 점호를 한다고 해서 슬슬 친구들을 깨우러 들어가려던 참이었다. 갑자기 선체가 기울었다. 우측이었나, 좌측이었는지는 기억나지 않는다. 그저 갑자기 기울어 방 안으로 뛰어가 친구 손을 붙잡고 갑판 위로 다시 뛰어갔다. 방 안에서 챙겨 온 구명조끼를 입고 갑판 위에 올라갔지만 제대로 서 있을 수 없었다. 할 수 있는 것은 기울어진 채 갑판의 난간 위에 서 있었다. 더 이상 갑판은 바닥이 아닌 벽 이었다.

건물 근처 스피커에서 선장이 하는 안내 방송이 들렸 다. 객실 안으로 들어가라고 했다. 미친 소리였다. 배 가 기울어 선체의 지하 1층은 물에 잠겼을 게 분명한 데도 그런 방송을 했다. 같이 나온 친구 중에 예서는 불안에 떨면서 여기 있어도 되는 건지 물었다. 해양과 배에 관심이 많아 그쪽으로 진로를 생각하고 있어서 지금 상황을 차분히 설명하며 설득했다. 친구들은 아 직도 계속 떨었지만, 그래도 갑판 위에 있는 게 맞다 고 생각한다며 끄덕였다.

이제 선택해야 할 순간이었다. 배가 더 기울어서 더 이상 버틸 수 없었다. 그리고 보이는 바다와의 거리도 무척 가까워졌다. 친구들에게 나는 바다로 뛰어들 거 라고 외치고 친구들과 눈빛을 교환했다. 예서는 내 손 을 두 손으로 모아 쥐며 같이 간다고 했다. 다른 친구 들도 내 손을 붙잡으며 어젯밤에 같이 떠들며 만들었던 우리만의 구호를 외쳤다. 그리고 차례대로 나부터 바다로 뛰었다. 높이는 10미터 정도 된 것 같다.

친구들 모두 바다로 뛰고 나서 서로 뭉쳤다. 봄의 아침 바다는 꽤 추웠다. 그리곤 배를 바라봤다. 여객선은 이제 천장이 보였다. 뛰어내리기 전 보였던 어선이 근처로 와서 우리를 건졌다. 배의 선장님과 다른 분들이 큰 수건과 담요를 건네주며 걱정스러운 얼굴로 안부를 물었다. 그러나 안중에 없었다. 있을 수가 없었다. 저 배에 아직 친구들과 선생님이 많이 타고 있었다.

바라만 보았다. 바라볼 수밖에 없었다. 내가 할 수 있는 일은 없었고 선장님은 우리를 건졌던 바다 근처에서 또 다른 사람들을 건졌다. 우리 학교 친구들 몇몇이 건져졌다. 건네주신 초콜릿을 먹고 조금 기운이 나서 다른 친구들을 살폈다. 그리고 선장님께 구급상자를 받아 다른 친구들의 상처를 치료했다.

이제 배가 보이지 않았다. 선장님도 그 커다란 배의 침몰을 마지막까지 지켜보다가 육지로 돌아갔다. 곧바로 병원으로 향했다. 다행히 다친 곳은 많이 없지만 저체온증으로 인해 몸이 떨렸다. 병원에서 수액을 맞으며 누워있으면서 잠시 눈을 감았다.

일어난 뒤에는 수액이 다 들어간 후였다. 아직 추워서 이불을 감싸 병실에서 나왔다. 응급실은 무척 시끄러웠다. 옆에는 아직 누워있는 친구들의 침대가 있었다. 병원 로비로 나와 아무나 붙잡고 물었다. 어떻게 되었냐고, 다른 사람들은 구조되었냐고, 계속 물었다. 계속, 계속, 계속...

그리고 전화기를 빌려 부모님께 바로 전화했다. 엄마와 아빠는 울었다. 상황을 물어보니 잘 모른다고 했다. 그저 뉴스에 우리 학교 학생들이 탄 배가 침몰했다는 짧은 기사 한 줄만이 나왔다고 했다. 아빠도 엄마를 통해서 그 소식을 전해 듣고 회사에 반차를 급하게 내고 집에서 인천항으로 출발하려고 했다고 한다. 전화로 병원 이름을 알려주고 그만 끊었다.

다시 병실로 돌아왔다. 친구들이 모두 일어났다. 그리고 텔레비전을 통해 뉴스를 듣고 있었다. 뉴스에는 정말로 화면 귀퉁이에 작은 글씨로 쓰여있을 뿐 더 많은 이야기는 나오지 않았다.

집으로 돌아왔다. 친구들도 모두 각자 부모님의 차를 타고 집으로 갔다. 예서네 부모님은 타 지역에 있어 오지 못하셔서 우리 차를 타고 같이 갔다. 말할 힘도 없어 그저 눈을 감고 조용히 집으로 향했다. 에서를 내려 주고 엄마는 조심스럽게 물었다. "어디 안 아파?"

엄마는 나와 내 친구들이 그나마 빨리 구조되어서 병원에서 만난 거라고 했다. 다른 친구들은 건져진 그 근처에서 바로 부모님을 만났다고 했다.

집에 도착해 차에서 내리자마자 엄마와 아빠는 나를 꼭 끌어안았다. 따듯한 온기였다. 그리웠고 안심됐다. 눈물이 났다. 슬펐다. 친구들이 걱정되고 보고 싶었다. 우리 반 친구들이, 그리고 작년에 같은 반 친구들이, 동아리 친구들이, 기숙사 친구들이, 가끔 화장실에서 마주친 얼굴의 친하지 않은 친구들이, 복도 건너편에서 슬쩍 봤던 친구들이, 그리고 선생님들이 생각났다. 다시는 볼 수 없는 인영이 떠올라 슬픔이 차올랐다. 어둠이 짙어졌다.

그 뒤로 졸업할 때까지 후회가 사무쳤다. 같은 객실 친구들뿐만 아니라 다른 친구들을 더 데리고 나올걸, 아는 한 최대한 설득해서 선생님들이 친구들을 밖으로 나오도록 지도할 수 있게 말해볼 걸이란 생각이 들었다.

학교에는 꽃과 액자, 편지가 가득했다. 학생 수가 줄

어 결국 두 반으로 학교를 운영했다.

어느새 그 1년이 넘는 시간이 지나 수능을 치렀다. 결국 그 사고 이후로 원하던 해양 경찰학과에 합격했다. 합격자 발표가 나던 날 합동 분향소로 가 친구들과 선생님의 얼굴을 하나하나 살피며 미안하다고, 다시는 그런 사고가 없도록 막겠다고 속삭이며 다짐했다. 다짐 하나하나 작은 빛으로 채운 그 순간까지 많은 어둠이 나와 친구들, 선생님들을 삼키고 있었다. 졸업식 날 와주신 많은 부모님이 살아남은 나와 친구들을 안아주셨다. 다 같이 눈물을 삼키며 지낸 날들이었다. 많은 말들이 우릴 할퀴었다. "죽은 친구들만 불쌍하지, 자기들은 살아남아서 좋겠다.", "남은 사람들은 횡재네. 보조금이 그렇게 많이 떨어지잖아." 많은 말들이 버티던 우리를 좌절하게 했고 더 깊은 어둠으로 당겼다.

큰 어둠 속에서 빛을 모으기 위해 정말 오랜 시간이 걸렸다. 그동안 집회에 참여하고 학생 대표로 연설도 하면서 인식을 개선하기 위해 노력했다. 그리고 3학년이 되어 열심히 공부해 원하는 학과에 합격하여 더 나은 세상이 될 수 있도록 노력하려는 첫발을 뗐다. 아직 새벽녘의 밝지만 어두운 나날이지만 조금씩 낮을 향해 가고 있었다. 시간이 지날수록 빛을 모으기 위한 셔터 스피드도 짧게 설정할 수 있었다.

졸업이란 말로 끝나지 않는 고등학교 친구들과의 인연의 실은 내가 살아갈 동안 지녀야 할 마음가짐이었고 그리움이고 책임감이었다. 죽은 사람들의 삶의 몫까지 열심히 살아야 했다. 다신 그런 희생이 나오지 않도록, 그리고 진실을 밝힐 수 있도록. 그 어둠을 마침내 졸업할 그날까지.

*셔터 스피드: 카메라의 셔터가 열리는 시간으로 속도가 느릴수록 오래 열려있어 더 많은 빛을 모을 수 있음

[01] 수없이 배웅한 졸업식들

졸업식장은 늘 비슷한 냄새가 난다. 겨울의 건조한 냉기, 강당의 묵은 먼지, 그리고 수백 다발의 꽃에서 뿜어져 나오는 비릿하고 달콤한 향기. 그 냄새를 맡으면 몸이 먼저 기억한다. 또 한 시절이 끝났음을.

중학교와 고등학교에서 도합 15년을 근무하며 나는 수없이 많은 졸업을 배웅했다. 체육관이나 강당, 때로는 모래바람 날리는 운동장. 아이들은 교복을 입고 줄을 서고, 부모들은 까치발을 들어 사진을 찍고, 단상 위의 교장 선생님은 축사를 읽는다. 해마다 아이들을 보내는 인사 문구는 달라지고, 유행하는 졸업 축하 노래는 바뀌지만, 졸업식의 풍경은 마치 박제된 것처럼 변하지 않는다.

그리고 변하지 않는 것이 하나 더 있다. 그 풍경 속에

서 있는 나의 위치다. 강물은 쉼 없이 흐르는데 나루터만 덩그러니 남아 있는 기분. 아이들은 떠나고, 나는 남는다. 그 반복되는 이별이 힘겨워 몇 년은 졸업식장에서 실제로 울기도 했다. 남겨진다는 사실이 사무치게 외로웠기 때문이다.

현장에 오래 있으면 알게 된다. 졸업은 결코 시간만 흐르면 저절로 주어지는 '자동 발급기'가 아니라는 것을. 누군가에게 졸업은 당연한 통과의례였지만, 어떤 아이에게는 끝까지 붙잡아야 하는 동아줄이었고, 또 어떤 아이에게는 온몸으로 기어와 겨우 통과한 결승선이었다.

특히 중학생 시절의 졸업은 종종 '출석'과의 전쟁이었다. 학교를 너무 안 나와서 정말로 졸업장이 안 나올까 봐, 교무실 달력을 펴놓고 날짜를 세어야 했던 아이들이 있었다. 전화기는 꺼져 있고, 집 문은 굳게 닫혀 있는 날들. 그런 날엔 학교 근처 편의점으로 아이를 불러내곤 했다.

편의점 플라스틱 의자에 앉아 컵라면 하나를 사주며, 아이의 눈치를 살피고 조심스럽게 말을 건넸다.

"선생님, 그냥 안 되면 안 졸업해도 돼요. 저 공부 안 할 건데요 뭐."

그 말을 아무렇지 않게 툭 내뱉는 아이 앞에서, 나는 졸업이 어떤 의미인지 다시 설명해야 했다. 졸업은 단지 학교를 끝마치는 일이 아니라, 네가 다음 세상으로 나갈 수 있는 '최소한의 문'이라는 것을. 지금 그 문을 닫아버리면, 네가 앞으로 가질 수 있는 선택지가 얼마나 잔인하게 줄어드는지를. 훈계가 아니라 애원하듯 설득했다. 하루만 더 버텨보자고, 내일 아침에 딱 한 번만 교문으로 들어와 달라고. 교과서를 펼쳐 지식을 넣는 일보다, 아이의 발길을 학교로 돌리는 그 과정이 나에겐 더 치열한 교육이었다.

고등학생들의 졸업은 또 다른 차원의 무게였다. 그곳엔 출석의 문제가 아니라 '생존'의 문제가 걸려 있었다. 아르바이트를 하지 않으면 당장의 생활이 불가능

졸업이던 하루 그날 이후의 이야기

한 아이, 가정의 불화로 마음이 먼저 무너져 내린 아이, 학교 공부보다 세상살이가 더 버거웠던 아이들. 그들에게 졸업장은 학업 성취의 증명이 아니라, '여기까지 포기하지 않고 살아냈다'는 생존 증명서였다.

유급과 자퇴의 경계선에서 아슬아슬한 줄타기를 하며, 제도를 뒤지고 방법을 찾아내 기어이 졸업 명단에 그 아이의 이름을 올렸을 때의 감정은 안도감을 넘어선 전우애였다.

내 20대와 30대의 시간은 그렇게 아이들의 '무사한 졸업'을 위해 쓰였다. 교실에서, 복도에서, 전화기 너머에서 나는 정말 치열하게 살았다. 어쩌면 그래서였을 것이다. 졸업을 마주하는 일이 유독 더 힘들었던 이유는. 나에게 졸업식은 단순한 행사가 아니라, 우리가 함께 버텨낸 시간의 총합이 무너져 내리는 순간처럼 느껴졌기 때문이다.

졸업식을 치르고 나면 한동안 앓듯이 기다렸다. 혹시 다시 오지 않을까. 스승의 날에 연락은 오겠지. 학교

근처를 지나가다 문득 내 생각이 나서 들르지는 않을까. 처음엔 그것이 제자를 사랑한 교사의 자연스러운 정(情)이라고 생각했다. 하지만 시간이 지나면서 알게 되었다. 그 기다림의 본질은 사랑이 아니라 '욕심'이었다는 것을.

'나를 잊지는 않았을까?'

그것은 아이가 잘 살기를 바라는 마음보다, 내가 그 아이의 인생에 의미 있는 존재로 기억되고 싶은 나의 결핍이었다. 아이들은 앞을 보고 달려가느라 바쁜데, 나 혼자 뒤를 돌아보며 서운해하고 있었던 것이다.

그 사실을 깨닫고 나서, 나는 기다리지 않기로 결심했다. 아이들이 다시 오지 않아도 괜찮다고, 연락이 없어도 그것이 건강하게 잘 살고 있다는 증거라고 스스로를 타일렀다. 그리고 최근 5년, 나는 일부러 졸업식장에 들어가지 않는 선택을 했다.

졸업식 행사로 소란스럽고 서로 이별을 고하는 체육

졸업이던 하루 그날 이후의 이야기

관 대신, 텅 빈 과학실을 택했다. 졸업식장에 가면 축하의 박수보다 눈물이 먼저 터져 나올까 봐, 아이들 앞에서 끝내 말을 잇지 못하고 무너질까 봐 도망친 곳이었다.

졸업식이 진행되는 동안, 고요한 과학실 책상 위에 아이들이 남기고 간 편지들을 펼쳤다. 삐뚤빼뚤한 글씨, 구겨진 종이, 서툰 문장들. 그 속에 담긴 진심을 하나씩 읽어 내려갔다. 웃다가 멈추고, 다시 읽다가 울었다.

참 우스운 장면이다. 아이들은 졸업해서 환하게 세상으로 나갔는데, 선생이라는 사람은 텅 빈 교실에 남아 편지를 붙들고 울고 있다니.

15년 동안 정말 다양한 아이들을 보냈다. 유난히 기억에 남는 아이, 헤어지기 아쉬워 손을 놓기 힘들었던 아이, 졸업 후에도 걱정이 되어 잠 못 들게 했던 아이. 어떤 아이들과는 여전히 안부를 묻지만, 대다수의 아이들은 강물처럼 흘러갔고 나를 잊었을 것이다. 서운함이 전혀 없다고 하면 거짓말일 것이다. 하지만 이제

는 안다. 그게 '졸업'이라는 것을.

졸업은 떠나는 사람의 축제이지, 남는 사람의 축제는 아니다. 아이들은 떠나고, 또 새로운 아이들이 밀려온다. 나는 다시 마음을 내어 가르치고, 다시 정을 들이고, 다시 잘 떠나보낼 준비를 한다. 교사는 영원히 졸업하지 못하는 학생처럼, 학교라는 정거장에 붙박인 채 누군가의 등을 밀어주는 사람이다.

그렇게 수없이 많은 등을 떠밀어 보내던 어느 날, 텅 빈 과학실 창가에 비친 내 얼굴을 보며 문득 낯선 질문이 떠올랐다.

'아이들은 모두 다음 챕터로 넘어가는데, 나는 언제 졸업을 할까?'
'나는 왜 늘 이 자리에 멈춰 서서, 보내는 역할만 반복하고 있을까?'

아이들의 졸업을 위해 그토록 치열하게 싸워주면서, 정작 나 자신의 성장은 유예하고 있었다는 사실이 아

프게 다가왔다. 배웅을 핑계로 나는 내 인생의 졸업을
계속해서 미루고 있었던 것은 아닐까.

그렇게 아이들을 보내면서, 나는 정작 나 자신의 졸업
을 잊고 있었다.

[02] 미뤄둔 나의 졸업

아이들을 그렇게 수없이 강 건너로 보내면서도, 정작 나는 늘 같은 나루터에 서 있었다. 떠나는 아이들의 등을 힘껏 밀어주며 "저 문을 열고 나가라"고 외쳤지만, 나는 그 문턱을 넘지 않고 안쪽에 머물러 있기를 선택했다.

이상하게도 그 자리 안에서 나는 무덤덤했다. '선생님'이라는 호칭, 정해진 시간표, 학교라는 울타리. 그 견고한 세계 안에서는 언제나 '아직'이라는 말이 허용되었다. 아직 연구 중이고, 아직 성장 중이고, 아직 완성되지 않아도 된다는 유예의 언어들. 나는 어쩌면 그 '아직'이라는 방패 뒤에 숨어, 어른이 되는 시간을 조금씩 미루고 있었는지도 모른다.

교실에서 나는 제법 근사한 몽상가였다. 아이들에게 자주 꿈에 대해 이야기했다.

"애들아, 공무원이나 대기업 직원이 되는 건 꿈이 아니야. 그건 직업이고, 현실적인 목표일 뿐이지."

나는 칠판에 큰 원을 그리며 열변을 토했다.

"꿈은 그보다 훨씬 더 멀리, 더 거대한 곳에 있어야 해. 너희가 전 세계로 흩어져 각자의 우주를 만드는 것, 그게 진짜 꿈이야. 말하자면 '우주 정복' 같은 거랄까?"

아이들은 눈을 반짝이며 고개를 끄덕였고, 나는 그 순간만큼은 꽤 그럴듯한 멘토가 된 기분에 취해 있었다. 내 삶은 비록 교실 한 칸에 묶여 있을지라도, 너희의 삶은 무한히 확장되기를 바라는 마음은 진심이었다.

그러던 어느 날, 수업을 마치고 짐을 챙기는데 한 아이가 툭 물었다.

"그럼 선생님 꿈은 뭐예요?"

짐을 싸던 손이 허공에서 멈췄다. 아이의 눈은 순수한

호기심으로 빛나고 있었다. 그 무해한 질문이 내 폐부를 찔렀다. 머릿속에서는 수많은 문장이 엉켰지만, 입 밖으로 나온 대답은 궁색했다.

"어... 선생님? 글쎄, 잘 모르겠네. 비밀이야."

솔직히 말하면, 그건 겸손도 아니었고 신비주의도 아니었다. 나는 정말로 내 꿈을 말할 준비가 되어 있지 않았다. 아이들에게는 '직업 너머의 가치'를 설파하면서, 정작 나 자신은 '교사'라는 직업 외에 어떤 깃발을 꽂아야 할지 전혀 모르고 있었기 때문이다. 타인의 진로를 상담하고 미래를 설계해 주면서, 내 인생의 다음 챕터는 백지상태라는 사실을 그 아이의 질문 앞에서 들켜버린 것 같았다.

그 부끄러움이 나를 다시 책상 앞으로 이끌었다. 조금 늦은, 어쩌면 도피에 가까운 진로 고민이었다. 동료들은 승진을 준비하거나 재테크를 이야기할 때, 나는 대학원이라는 간판을 달고 다시 학생이 되기로 했다.

대학원 연구실은 묘하게 안전한 벙커였다. 사회에서

는 나이 든 어른이었지만, 그곳에서는 다시 '배우는 사람'으로 불렸다. 학생이라는 신분은 매력적이었다. 결과로 증명하지 않아도, 과정 중에 있다는 이유로 모든 부족함이 용서되는 자리. 나는 그곳에서 끊임없이 질문을 던지고, 논문을 읽고, 밤을 새우며 스스로를 갱신하고 있다는 '감각'에 만족했다.

하지만 공부는 생각보다 혹독했다. 교단에서 내가 던지던 질문이 아이들을 향한 친절한 유도였다면, 대학원에서 내가 받는 질문은 나를 발가벗기는 날카로운 칼날이었다. 글은 엄격했고, 논리는 냉정했으며, 나 자신을 증명해야 하는 순간들은 매번 숨이 턱턱 막혔다.

그 과정에서 '졸업'이라는 단어는 점점 공포로 다가왔다. 학생으로서의 졸업은 끝이 아니라, 이제 더 이상 학교의 보호를 받지 못하는 '전문가'로서 세상에 던져진다는 뜻이었기 때문이다. 학위라는 꼬리표가 붙는 순간, 나는 더 이상 "배우는 중이라 몰라요"라는 변명을 할 수 없게 된다.

그래서 나는 멈췄는지도 모른다. 능력이 부족해서라기보다, 아직 준비되지 않았다는 핑계로 졸업 논문의 마침표를 찍지 않았다. 아이들에게는 늘 말했다.

"천천히 가도 괜찮아. 돌아가도 돼. 멈추는 시간도 다 공부야."
그런데 정작 나 자신에게는 그 말이 적용되지 않았다. 멈춤은 휴식이 아니라 두려움이었다. 배우는 사람으로 남아 있는 동안에는, 아직 평가받지 않아도 되었으니까. 아직 내 인생의 성적표를 받아 들지 않아도 되었으니까.

참 얄궂은 일이다. 아이들을 졸업시키는 매년 2월이 되면, 내가 덮어두었던 그 질문이 유령처럼 되살아났다. 아이들은 두려움을 안고도 기꺼이 교문을 나서 다음 세상으로 뚜벅뚜벅 걸어가는데, 그들의 스승이라는 나는 왜 늘 경계선 앞에서 서성이고만 있을까. 아이들의 졸업을 그토록 치열하게 응원했던 것은, 어쩌면 나 자신이 갖지 못한 용기를 그들을 통해 대리 만족하고 싶었던 것은 아니었을까.

나는 여전히 배우고 있다. 질문하고, 읽고, 쓴다. 하지만 이제는 인정한다. 내가 그토록 오래 학생으로 남아 있고 싶었던 이유는, 배움에 대한 순수한 열정 때문만은 아니었다는 것을. 졸업 이후의 거친 파도를 마주할 용기가, 내 낡은 배에는 아직 없었음을.

그렇게 아이들을 떠나보내며 나도 마음속으로 수없이 졸업 연습을 하고 있었다. 아직 건너지 않았지만, 문이 어디 있는지는 분명히 알고 있었던 시간들.
"언젠가는 나도 저 문을 열어야 한다."

그렇게 다짐하며 나의 졸업을 유예하고 있을 때, 전혀 예상하지 못한 방향에서, 내 의지와는 상관없는 또 다른 졸업이 내 앞에 도착했다.

[03] 세 개의 졸업이 만나는 자리

그 졸업은 예고 없이, 그러나 기어이 도착했다.

내가 마음속으로 불안하게 유예해 두었던 대학원 졸업도 아니었고, 매년 루틴처럼 치러내던 학교의 졸업식도 아니었다. 그것은 내 의지나 준비와는 상관없이, 시간의 정직한 흐름 속에서 이미 결정되어 있던 또 하나의 졸업이었다. 바로 우리 아이의 졸업이었다.

유치원 졸업식장은 내가 익숙하게 서 있던 중·고등학교의 체육관과는 공기부터 달랐다. 엄숙한 훈화 말씀도, 장엄한 오케스트라 반주도, 교복을 입은 아이들의 긴장된 침묵도 없었다. 대신 그곳엔 알록달록한 풍선과, 발이 땅에 닿지 않는 작은 의자들, 그리고 통제되지 않는 소음이 가득했다. 단상 위에서는 마이크 소리가 삑삑거렸고, 아이들은 옆 친구와 장난을 치느라 바

빴다.

학사모는 자꾸만 흘러내려 눈을 덮었고, 졸업 가운은 너무 커서 마치 아이들이 옷에 파묻힌 것처럼 보였다. 그 엉성하고 귀여운 혼란스러움. 그것은 비장한 '이별의 식'이라기보다, 엉망진창이라 더 즐거운 '마을 축제'에 가까웠다.

"이제 졸업가를 제창하겠습니다."

선생님의 반주에 맞춰 아이들이 목청껏 노래를 부르기 시작했다. "선생님 안녕, 친구야 안녕…" 박자는 제각각이었고, 가사를 잊어버려 입만 뻥긋거리는 아이도 있었다. 그런데 그 서툰 합창을 듣는 순간, 객석에 앉아 있던 어른들의 어깨가 조금씩 들썩이기 시작했다. 여기저기서 훌쩍이는 소리가 들려왔다. 나 역시 예외는 아니었다. 뷰파인더로 아이의 얼굴을 쫓던 내 눈가가 뜨거워졌다.

그 짧은 찰나, 내 안에서는 설명하기 어려운 세 개의

시간이 겹겹이 포개지고 있었다.

첫 번째 시간은 '보내는 사람'으로서의 기억이었다. 지난 15년간 교단에서 수없이 아이들의 등을 떠밀어 보냈던 시간들. 출석 일수가 모자라 졸업이 위태로웠던 아이를 붙잡고 사정했던 날들, 생활고에 시달리며 겨우 졸업장을 받아 든 아이를 보며 안도했던 순간들. 교사로서 느꼈던 졸업은 늘 '생존'이자 '안도'였고, 동시에 남겨짐의 쓸쓸함이었다.

두 번째 시간은 '멈춰 선 사람'으로서의 현재였다. 대학원이라는 안전한 울타리 안에 숨어, 논문을 핑계로 졸업을 미루고 있는 나의 초라한 모습. 세상 밖으로 나가 평가받는 것이 두려워, '아직 배우는 중'이라는 꼬리표를 방패 삼아 성장을 유예하고 있는 나 자신의 비겁함이 떠올랐다. 나에게 졸업은 '심판'이자 '두려움'이었다.

그리고 세 번째 시간, 바로 눈앞에 펼쳐진 '나아가는 사람'의 시간이었다. 이제 막 일곱 살의 세계를 닫고

여덟 살의 세계로 건너가려는 내 아이. 아이는 졸업장이라는 종이 한 장을 받기 위해 심각하게 고뇌하지 않았다. 자신이 초등학생이 될 자격이 충분한지, 앞으로의 학업을 완벽하게 수행할 수 있을지 증명하려 들지 않았다. 그저 시간이 되었기에, 키가 자랐기에, 그리고 오늘이 졸업식 날이기에 당연하다는 듯 웃으며 상장을 받았다.

단상에서 내려와 꽃다발을 안고 해맑게 웃는 아이를 보며, 나는 비로소 깨달았다. 졸업이라는 단어는 늘 같은 철자로 쓰이지만, 그것을 마주하는 사람의 마음자리에 따라 완전히 다른 문장이 된다는 것을.
나는 그동안 졸업을 '완벽한 증명'이어야 한다고 착각하고 있었다.

언제부터였을까. 졸업을 선택과 책임, 평가의 칼날로만 해석해 온 것은.

아이들에게는 "넘어져도 괜찮아, 실수해도 다시 하면 돼"라고 가르치면서, 왜 정작 나 자신에게는 "실패하

면 끝장"이라는 가혹한 잣대를 들이대며 졸업을 공포의 대상으로 만들었을까. 내가 대학원 졸업을 미뤄온 진짜 이유는 논문이 부족해서가 아니었다. '졸업 이후'의 삶을 책임질 자신이 없었기 때문이다. 학생이라는 보호막이 사라진 맨몸으로 세상의 거친 파도 앞에 서는 일이 두려워, 나는 자발적으로 나루터에 닻을 내리고 밧줄을 칭칭 감고 있었던 것이다.

하지만 아이의 뒷모습이 내게 무언의 가르침을 주고 있었다. '아빠, 졸업은 무언가를 잃는 게 아니에요. 세계를 하나 더 얻는 거예요.'

아이는 유치원이라는 세계를 버리고 떠나는 것이 아니었다. 그 위에 초등학교라는 더 넓은 세계를 덧붙이는 중이었다. 지금까지 쌓아온 추억과 배움을 발판 삼아, 조금 더 높은 곳으로 시선을 옮기는 과정이었다. 그것은 '단절'이 아니라 '확장'이었고, '이별'이 아니라 '연결'이었다.

준비가 완벽해서 나아가는 것이 아니다. 봄이 가면 여

름이 오듯, 시간이 흘렀고 내가 자랐기 때문에 나아가는 것이다. 그것이 자연의 섭리였고, 그것이 졸업의 본질이었다. 아이는 아직 아무것도 증명하지 않았지만, 다음 단계로 나아간다. 그 용기 있는 발걸음 하나만으로도 졸업은 충분히 성립한다.

졸업식이 끝나고 밖으로 나오자 2월의 차가운 바람이 불었다. 옷깃을 여미게 하는 찬 공기였지만, 학교 졸업식을 뒤로 한 과학실에서 느꼈던 그 시리고 쓸쓸한 바람과는 달랐다. 뺨을 때리는 바람이 아니라, 등을 밀어주는 바람이었다. 운동장에서 뛰어노는 아이를 보며 나는 나직이 중얼거렸다.

"이제 나도 졸업할 때가 되었구나."

나는 여전히 교사로서 아이들을 배웅할 것이다. 또다시 텅 빈 교실에 남아 편지를 읽고 눈물 흘릴지도 모른다. 여전히 배우는 사람으로 질문하고 읽고 쓰며 살아갈 것이다. 하지만 이제는, 나 자신의 졸업을 영원히 유예된 과제로, 풀지 못한 숙제로 남겨두지는 않으

려 한다.

언제, 어떤 형태로 마침표를 찍게 될지는 아직 알 수 없다. 하지만 적어도 이제는 문이 어디에 있는지는, 그리고 그 문손잡이가 생각보다 차갑지 않다는 것은 알게 되었다. 내가 두려워했던 그 문은 벽이 아니라, 다음 세계로 통하는 입구였음을 이제는 믿는다.

졸업은 떠나는 날이 아니라, 자리가 바뀌는 날이다. 아이는 보호받는 자리에서 스스로 걷는 자리로 이동하고, 나는 누군가를 보내는 자리에서 나 스스로 나아가는 자리를 동시에 바라보게 되었다. 세 개의 졸업이 만난 이 자리에서, 나는 처음으로 졸업을 슬픔이나 두려움이 아닌 다른 이름으로 불러본다.
아쉬움보다 기대감으로. 머무름보다 설렘으로.

우리는 그렇게 각자의 속도로, 각자의 문을 열고 나아갈 것이다. 오늘 내 앞의 아이가 그랬듯, 내가 배웅한 수천 명의 제자가 그랬듯, 그리고 언젠가 나 또한 그러하듯. 아주 자연스럽게.

작가님이
궁금하다면?

졸업 또 다른 여정

우리가 끝에 서 있는 건 아니었다. 인제 와서야 비로소 처음의 내 모습을 조금씩 찾아가는 기분이다. 매일 보아오던 창문과 늘 스쳐 지나던 복도가 오늘따라 낯설게 다가오고, 이름 없이 앉아 있던 자리들조차 오늘만큼은 수많은 이야기를 품은 풍경이 되어 나를 오래 머물게 한다.

사방에서 웃음과 소리가 넘실대는 사이, 유난히 조용해진 나는 그 고요 속에서 문득 알았다. 아, 여기서 내가 참 많은 추억을 쌓았구나. 무엇을 잘 해냈던 순간보다 서투르던 기억들이 더 먼저 떠오르고, "잘 지냈다"는 인사보다 "미안했다"는 고백이 먼저 스쳐 가는 건 이 시간이 내가 생각한 것보다 훨씬 소중했기 때문일 것이다.

서로의 인생에서 잠시 같은 길을 걸었을 뿐이지만, 그 짧음이 이렇게 오래 남을 줄은 몰랐다. 이제 우리는 각자의 시간 속으로 흩어지겠지만, 여기에서 나는 분명 또 한 번 자라났다. 그래서 오늘을 끝이라 부르지 않는다. 오늘은 한 사람이 되어 가는 여정의 한 페이지다.

함께 걸어와 준 나와 친구들에게, 조용히 말해주고 싶다. 정말, 모두 잘해왔다고.

남기고 싶은

마지막이 시작처럼 느껴질 만큼 옛날
아득한 곳에 앳된 내가
누군가의 축하 꽃다발로
작별 인사로 남아있는 날

쉽지 않은 아쉬움
잊고 싶은 그리움
이상한 감정을 품은 표정으로 찍은 사진
그날은 먼지와 함께 책장에 놓여있다

한동안은 귀가 허전했다
들릴 것이 들리지 않았다
종이 울리지 않는다는 걸 알게 된다
나도 잘 울지 않는다

친구들이 늘 함께했다

존재의 당연함을 요즘은 갈구한다

교실 속 공기보다 밖의 날씨가 늘 더 좋게 느껴졌다

밖보다 지붕 아래 있고 싶어진다

변화는 크기를 늘리지만

이유를 알려고 하지 않은 채 잠든다

시작과 끝이 쌓이고 쌓여 꺼내기 힘든 옛날

교실 한구석에 지금의 내가

누군가를 축하하고

누군가에게 격려하는 꿈을 꾼다

우스워질 일이 되어도 웃어줘

상처가 나면 소독하고 약 발라 줘

내 말에 이상해진 표정을 담으려 셔터를 눌렀다

먼지를 털어내고 그날을 다시 책장에 남겨둔다

가자!

졸업하면 다 끝인 줄 알았지만 이제부터 시작이다.
막상 그 앞에 서니 두려움이 없는 것은 아니다.
앞으로 어떤 길을 걷게 될지, 잘 해낼 수 있을지 여전히 불안하다.

이제는 익숙함을 떠나 새로운 세상으로 나아가야 한다.
스스로 선택하고 책임져야 하는 사람이 되어야 한다.
그 길이 쉽지는 않겠지만 용기를 가지고 한 걸음씩 나아가고 싶다.

졸업은 작별이 아니라 성장의 증거라고 믿는다.
이 시간을 지나 더 넓은 세상으로 향하는 나 자신과 같은 출발선에 선 우리 모두를 멀리서 응원한다. 가자!

시절인연

이제는 안다.
모든 관계가 유지될 필요는 없다는 것과
끊어지는 것이 아닌 완결되는 것도 있다는 것을.

함께하지 않아도, 더 이상 설명하지 않아도
충분하다는 것을.

시절인연(時節因緣).
나는 이제 불필요한 인연을 억지로 붙잡지 않고
자연스러운 흐름대로 놓아주며 졸업하려 한다.

연결되어 있다는 이유만으로 붙잡고 있던 관계를
놓아도 괜찮다는 것을 이제는 알기 때문이다.

,

마침표.

졸업이던 하루는
마침표처럼 놓여있었다

사진 속 웃음은 아직 따뜻했고
시간은 잠시
우리를 천천히 안아주었다

나를 지켜주던 학교라는 품 안에서
나는 조심스럽게
걸어 나왔다

학사모는 하늘로 올랐고

그 위로
바람이 지나갔다

하늘 높이 내 손을 떠난 학사모
돌아오지 않을 날들
졸업. 그 끝에 나는 서 있었던가

쉼표,

졸업이던 하루는
쉼표처럼 놓여있다

이후를 향해
숨을 고르는 자리

끝이라는 두려움 속에서
마침표처럼 보였던 그날은
또 다른 시작을 위한 쉼표였다

졸업이던 하루 이후
나의 문장은
마침표로 끝나지 않았다

졸업은 쉼표,
나의 문장은 잠시 쉬었다
다시 시작한다

그리움으로 새겨진 졸업식

"아빠가 너 대학 졸업할 때까지만이라도 살았으면 좋
겠다..."
떨리는 엄마의 보이스에는 저러다 진짜 빨리 가버리
면 어떡하지? 하는 불안함과 나 혼자 애 둘 키우며 살
게 될지도 모르겠다는 두려움이 스며있었다.

지방에 있는 대학을 오가며 주말에 집에 오면 일주일
내내 홀로 불안을 삼키던 엄마가 삼키며 내뱉은 말이
다. 대학 졸업할 때까지만이라도 남편이 살아 있기를
바라는 간절한 푸념이었을지도 모르겠다.

그렇게 2년의 시간이 지났다. 유난히 춥고 눈이 많이
내린 겨울, 아빠는 내 대학 졸업 1년을 앞두고 하늘 집
으로 가셨다.

누구보다 딸의 대학 생활을 자랑스러워했던 사람이 아빠다. 농사꾼이 넉넉하지 않은 형편에 대학 뒷바라지하기는 결코 녹록지 않았다. 그렇다고 농사터가 많은 집도 아니었고 가을걷이 끝나면 겨울 3개월은 그마저도 할 수 있는 일이 없었다. 어려운 가정 환경에서도 가난만큼은 대물림 하고 싶지 않았던 아빠. 그런 아빠에게 딸이 대학생이라는 것만으로도 큰 소망이 되지 않았을까 생각한다.

엄마의 말이 씨가 되었다. 지인분의 차를 얻어 타고 졸업식에 참석하신 엄마를 마중 나간 강당 앞. 엄마랑 눈을 마주치자마자 우리 서로 눈물이 글썽거려 어떤 말도 입 밖으로 꺼낼 수가 없었다. 진짜 내 졸업식에 아빠가 없을 거라는 예상은 하지 못했다. 아니 어쩌면 그 시절의 나는 아빠 없는 졸업식이라는 시나리오를 쓰고 싶지 않았을지도 모른다. 그때 우리 아빠 나이, 한국 나이로 사십 되던 해다. 그렇게 젊은 나이에 우리 아빠가 의료사고로 하루아침에 떠나게 되리라고는 정말 상상하지 못했다. 엄마가 쓸데없는 걱정을 한

다고 생각했다. 괜히 엄마가 혼자서 너무 불안해하는 거라고 오히려 핀잔을 주던 날도 있었다. 그런데 정말 내 대학교 졸업식에 우리 아빠는 없었다. 그리움으로 축하를 대신했다.

졸업식을 마친 후 자취방에 들어간 나와 엄마는 부둥켜안고 한참을 엉엉 울었다. 서로의 기억 속에 남겨진 아빠의 온기를 눈물로 담아 가며

"누구보다 오늘 우리 딸을 자랑스러워하셨을 거야"
"장하다 우리 딸, 고맙다"

"감사해요 엄마, 진짜 고생 많으셨어요"
"하늘 집에 계신 아빠에게 부끄럽지 않게, 엄마가 기뻐하실 수 있게, 잘 살아낼게요"

갑작스러운 의료사고로 아빠를 보낸 지 2년이 막 지나고 있었다. 두 발로 걸어 들어간 아빠가 차가운 시신으로 되돌아온 상실의 아픔이 아물기엔 턱없이 부족했던 시간이다.

보고 싶었다. 만지고 싶었다. 함박웃음 짓는 아빠의 눈빛과 따듯한 두 손. 생각만 해도 가슴 한편이 아려 오는 그리움은 졸업하는 기쁨의 무게까지도 제법 무겁게 만들었다.

내일 일을 나는 모른다. 장래 일도 알 수 없다. 그저 내게 주어진 하루하루를 사는 것뿐이다. 나의 존재 자체가 기쁨이었던 아빠에게 부끄럽지 않도록 아빠가 남겨주신 삶으로 스쳐 가는 인연에 소홀히 하지 않으며 오늘을 허투루 살지 않기 위해 온 삶을 다해 사랑하며 살아낸다.

빛나는 졸업식이었다.
보고픈 얼굴, 그리운 이름에 엄마와 딸의 눈물이 반짝이던 졸업식.

졸업이라는 이름

졸업이라는 이름 앞에 눈시울이 붉어진다.
아마도 끝이라는 의미의 졸업은 아닐 것이다.
시작을 다지는 졸업일 것이다.

졸업이라는 이름 앞에
모든 것들이 아름답게 보인다.

매일 보던 친구들도
미웠든 좋았든 간에
모두 그리워지겠지.

참으로
참으로
졸업이란 이름은

신기한 것 같다.

그 졸업이란 이름의 하루가
오늘도 이렇게 어느덧 흘러버렸다.
하루가 언제 갔나 싶기도 하다.

졸업이란 이름에 내 마음을 새긴다.
졸업은 시작이라고 우겨다짐하며.
그러나, 어느새 눈시울이
어느덧 호수가 되어 있다.

포레스트 웨일

공동 작가

하루

하루

아침에 눈을 뜨는 게 조금 버거웠어
어제랑 똑같은 하루가 시작되는 것 같아서

버스를 타고 지나가는 창밖을 보다가
괜히 멍해지고 아무 생각도 안 하게 되더라.

나의 하루는 내 생각보다 빨리 흘러가.
내가 웃은 순간도 있었고
내가 괜히 마음이 가라앉는 순간도 있었어.

대단한 일은 없었지만
그래도 오늘을 버텼다는 사실 하나로
하루는 충분했다고 생각해.

이렇게 아무 일 없는 하루도

나중에 보면

조용히 기억에 남을지도 모르잖아.

하루의 끝에서

오늘 하루는 특별하진 않았어.
그래서 더 오래 마음에 남는 것 같아.

괜히 웃음이 났다가
이유 없이 조용해지기도 하고
그렇게 감정이 왔다 갔다 했어.

해가 질 즈음엔 나는
아무도 모르게 나만 아는 피로가 쌓여 있었고
그걸 들키기 싫어서 더 아무렇지 않은 척했어.

하루가 끝났다는 사실만으로 조금 안심이 돼.
내일이 온다는 게 아직은 조금 무섭지만 말이야.

그래도 오늘의 나는

어떻게든 잘 지나왔으니까

그걸로 충분한 하루였어.

지나가는 하루의 빛

창틈으로 스며든 새벽의 손길이
어제 놓아둔 무거운 꿈을 가만히 걷어내면
하루는 비로소 설익은 사과처럼
맑은 숨을 내쉬며 시작됩니다

길가에 몸으로 흔들리는 이름 없는 풀꽃과
바삐 걸음을 옮기는 사람들의 뒷모습 위로
햇살은 차별 없이 내려앉아
공평한 무게의 시간을 선물합니다

오후의 그림자가 길게 허리를 늘릴 때쯤
우리는 가슴 속에 묻어두었던
작은 그리움 하나씩을 꺼내어 봅니다

먼지 앉은 마음 한구석을 닦아내면
살아있다는 것은 결국
누군가를 부지런히 사랑하는 일임을 깨닫습니다

노을이 붉은 비단처럼 하늘을 덮고
가로등이 하나둘 노란 눈을 뜨는 저녁
하루의 고단함을 위로하는 것은
화려한 성취보다 따뜻한 찻잔의 온기
그리고 수고했다 말해주는 목소리

별들이 깊은 밤의 정적 속으로 내려앉으면
우리는 또 하루를 마음의 서랍에 넣습니다
비록 화려하지 않았어도
그 안엔 우리만이 아는 반짝이는 빛이 새겨져 있습니다

당신이 나의 하루

나는 아주 오래전부터 하루를 살기 위해 버티고 또
버티면서 견뎌왔다.

한 줌의 빛도 없는 어둠만 가득한 시간 속에서
하루하루를 버티고 견뎌내는 이유는 내 곁에 살아계
시는 당신 때문입니다.
당신의 희생과 정성으로 덤으로 살게 된 나니까
그러므로 나의 하루는 나의 것이 아닌 당신의 것이나
다름없습니다.

달라질 것도 나아질 것도 없다는 걸 알면서도 내가
하루하루를 버티며 살아가는 이유는 오로지 당신 때
문입니다.

나의 하루는 당신이며, 당신은 곧 나의 하루입니다.

하루살이

이래도 텅 빈 하루

저래도 텅 빈 하루

이도저도 아닌 하루

마냥 흘려보내기만 하는 하루살이

외롭고 쓸쓸한 하루들만 보내는 하루살이 같네.

그 하루

한 가닥의 희망도 보이지 않는 하루를

몸이 부서질 듯이 아픈 하루를

몸도 마음도 무너질 것 같았던 하루를

수백수천 번 주저앉고 싶었던

그 많은 하루들을 버틸 수 있는 건...

1년에 딱 한 번

내 마음의 치유인 너를 만날 수 있는 그 하루가

있기 때문이야

너를 만나는 그 하루는 내게 아주 특별한 하루이며,

놓치고 싶지 않은 시간이니까.

고단한 하루 끝에 평안함을 기다리며

고단한 하루의 끝에 평안함이 기다려지기를 바라는 하루를 살고 있다.

하루하루 고된 날들을 보내는 중인 나의 하루.

시간은 참 빠르게 지나가는 것 같다. 쉬지 못하는 날도, 쉬는 날도 모두 같은 속도로 흘러간다.

정말 시간은 금과도 같다. 하루하루 고단하고, 힘겨운 나날의 연속이다.

그렇지만 이렇게 하루하루를 살아내다 보면 언젠가는 평안함이 찾아오지 않을까, 그런 작은 기대를 품고 오늘도 같은 하루를 보내고 있다.

지금은 더 정신 차리고 더 노력해야 할 때라는 것을 안다. 내가 정신 차리지 않으면 또 어떤 일이 벌어질지 모르기에 스스로를 다잡으며 살아가고 있다.

어떻게든 살아내려고 애쓰는 모습은 아마 모든 사람들이 비슷한 나날을 보내고 있기 때문일 것이다.

하루를 마치고 느끼는 지침과 버거움은 모두가 비슷한 것 같다.

그렇지만 나의 하루를 돌아보면 참 버겁고 힘든 삶이었지만, 나는 충분히 노력하지 못했던 것 같다는 생각이 든다.

세상에 공짜는 정말 없다. 노력해야만 얻을 수 있고, 노력해야만 살아갈 수 있다는 것을 이제야 깨닫다니.

스스로가 조금은 한심하게 느껴지기도 한다. 하지만 괜찮다.

지금이라도 더 노력한다면 평안함이 보이는 하루를 살아갈 수 있을 테니.

오늘도 더 버티고, 더 노력해 보려 한다. 평안함이 찾아오는 하루를 조용히 기다리며.

클라이막스

하루는 모든 날이 되고,
네가 머문 시간들은 축제일 테니
숨을 고르고 눈을 떠봐

•

고요가 깨어나고,
불안은 또 다른 빛으로 태어날 테니
몸을 던져 더 크게 타올라봐

•

가도 돼, 너에게 이 계절은 찬란일 거야

희미한 하루 끝에

어디선가 본 것 같다고 생각한다
무너져 가는 그대들을

미소라고는 느껴지지 않는 표정은
모두 나와 같아서
혹시 우리는 같은 실패를 하지 않을까
조금 신경 써 본다

오늘은 웃을까 지켜보지만
하루하루 짙어져 가는 널 보며
그저 바라보며 망설이기만 한다

앞이 무서울 때면
무너져 가는 고개를 들고

저 멀리 산마루 깊숙한 곳을
보고 살았으면

하지만 그대들의 눈은 빛 하나 없는
아득한 아스팔트 바닥을 향하고
미소는 전부 점멸된다

더 이상 환한 얼굴에
미소가 희미해지지 않기를
보이지 않아도
더 이상 무섭지 않기를

가장 환한 빛이 발화된다

하루하루

하루하루, 시간을 보낸다.

또다시 하루를 보낸다.
그러나 다를 바가 없었다.

또 다른 하루를 보낸다.
뭘 하였을까?

또 글을 쓰며 일기를 쓴다,
이게 뭐지…

하루를 걸어 올라간다.
―
「Set up

정지 되었습니다.」

두둥 탁―

무대에서 시작되는 1막의 하루가 시작된다.

무지한 꽃들이 피워,
마법의 턴으로 한 바퀴를 돌아.

내가 당장 바꿀 순 없지만―

하루에 보낸 일상들을,
일기장으로 쓰지만 그게 진실인 것도 몰라―

마음은 한 마디에서 시작되고―
사랑은 언제나 하게 돼―!!

멈추지 못하는 번뇌에,
각각의 사람들은 자신과 같은 생각이 있을 거라 생각
하며―

끝내지도 못하는 노랫소리에
또다시 붉은 강렬한 꽃처럼—

하루를 보내—

나의 마지막 잎새

나의 마지막 잎새를 보내야 한다는 소식을 들었을 때,
내 마음에는 참 많은 생각이 오갔다.
부정, 분노, 타협, 우울, 수용. 이름 붙일 수 있는 모든
감정이 차례차례 내 안을 지나가고 있었다.
마치 오래된 계절이 한꺼번에 나를 스쳐 가는 것처럼.

처음에는 나의 감정을 앞세운 채 슬픔 속에 머물렀다.
이별이라는 단어 앞에서 나는 한없이 작아졌고,
아직 준비되지 않았다는 마음만이 가슴을 가득 채웠
다. 그러다 문득, 나보다 더 깊은 슬픔 속에 계실 어르
신의 얼굴이 떠올랐다. 내가 감당해야 할 슬픔보다,
그분이 견뎌내고 계실 하루가 훨씬 더 무겁게 느껴졌
다. 그 순간 나는 다시 마음을 추슬렀다.

나는 어떤 마음으로 잎새를 보내야 할까. 어떤 얼굴로, 어떤 태도로 이 시간을 함께 건너야 할까.

스스로에게 여러 번 묻고 또 물었다. 어르신의 하루는 아주 조용히 흘러갔다. 약을 챙기고 식사를 돕고, 창문을 열어 햇살을 들였다. 말이 많지 않은 날에는 그저 같은 공간에 머무르며 숨소리와 온기를 나누었다.

돌봄이란 때로는 무언의 동행이라는 사실을, 그날도 나는 배웠다.

나의 마지막 잎새는 전쟁을 지나온 세대였다. 총성과 피난, 먹을 것이 없던 시절을 건너왔고, 억울한 옥살이도 겪으셨다. 무엇보다 이른 이별을 가슴에 묻은 채, 평생을 자책과 그리움 사이에서 살아오신 분이었다. 그 이야기를 들을 때마다 나는 말수가 적어졌다. 위로의 말은 언제나 너무 늦거나, 너무 가벼웠기 때문이다. 그래서 나는 더 조심스럽게 곁에 머물렀다. 말 대신 시간으로, 태도로 함께하고 싶었다.

돌봄을 맡은 나로서는 그분의 남은 시간을 조금이라

도 평안하게 지켜 드리고 싶은 마음이 컸다.

삶의 마지막 자락에서 더 이상은 아프지 않기를, 외롭지 않기를. 그 바람 하나로 나는 매일 그 집의 문을 열었다.

나는 나의 잎새의 마지막을 어떻게 준비해야 할지 오래 생각한 끝에 하나의 결론에 닿았다. 남은 시간 동안 나는 야위어 가는 잎새의 모습을 지켜보며 울지 않기로 했다. 보란 듯이 환하게 웃어 보이기로 했다.

돌봄의 마지막 순간까지, 내 얼굴을 바라보시는 어르신의 눈빛에 티끌만큼의 슬픔도 남기고 싶지 않았기 때문이다.

그 결론에 이르기까지 나는 수없이 흔들렸다. 눈물이 차오르는 순간도 있었고, 도망치고 싶은 날도 있었다. 하지만 문 앞에서 다시 숨을 고르고, 평소와 다름없는 얼굴로 그분 앞에 섰다.

이제 나는 거울 앞에 서서 웃는 연습을 하려 한다. 억지로가 아니라 진심으로.

가장 행복한 얼굴로, 가장 따뜻한 미소로. 그 미소가

이별을 가볍게 만들지는 못하더라도,
마지막 하루를 조금은 덜 외롭게 해주기를 바라며.
오늘도 나는 조용히 손을 잡고 같은 하늘을 바라본다.
이 하루가 어르신의 기억 속에서 아프지 않은 장면으
로 남기를 바라면서.

눈물보다 사랑이 먼저 전해지기를.

같은 시간 속 또 하나의 하루

우리는 매일 같은 시간 속에서, 서로 다른 하루를 시
작하곤 한다.
주어진 것은 같지만, 어떤 하루를 보내느냐에 따라
하늘까지 올랐다가 땅끝까지 꺼질 수도 있는 일이다.

사실 나는 하루를 행복하게 보내는 방법을 알고 있다.
이 글을 읽는 당신은 아직 모를지도 모르니,
그 방법을 조금 나누고 싶다.

그 전에 한 가지 알아두어야 할 것이 있다.
지금 불행하다고 느끼는 순간에도, 우리는 이미 작은
행복을 누리고 있다는 사실이다.

하지만 우리는 그 행복이 너무 작고 사소하며, 너무

당연해져 버린 탓에
아무것도 아닌 일처럼 보지 못한 채 지나치곤 한다.

크고 좋아 보이는 행복만을 바라보다 보면, 또 하루를
망쳐 버릴지도 모른다.
그러니 우리, 행복의 기준을 조금만 낮춰 보자.

아침에 눈을 떴을 때 창밖으로 들어오는 따스한 햇살,
식당에서 흘러나오던 나만 알고 있던 노래,
집에서 나를 기다려 주는 가족처럼.

나는 돈이 많지 않아도, 성공하지 않아도 충분히 행복
해질 수 있다고 생각한다.
이런 내 마음이 당신에게 닿기를 바라며,
오늘 하루의 행복을 당신에게 건네고 싶다.

오늘 당신의 하루가 마음과는 다르게 좋지 않은 방향
으로 흘렀을지도 모른다.
하지만 하루가 엉망이었다고 해서 자책하지 않았으
면 한다.

그 하루를 버텨냈다는 사실만으로도, 이미 충분히 잘 해냈으니까.

완벽하지 않았던 오늘도 결국은 지나가고,

내일은 다시 시작할 수 있는 또 하나의 하루로 우리 앞에 놓일 것이다.

나무, 그리고 해바라기

매일 가던 도서관에서, 지루할 정도로 평범한 하루를
보내고 있었다.
그 지루함 속에서 밝은 웃음으로 인사를 건네던 너를
보았다.

분명 얼굴만 아는 사이였을 텐데,
너는 내게도 햇살처럼 따스했다.

누구에게나 친절했던 그 아이가,
빛이 나던 그 아이가
어느새 내 마음 앞에 다가와 조용히 문을 두드리고
있었다.
정신을 차리고 앞을 보았을 때는
이미 마음 깊숙한 곳까지 들어와 있었다.

모난 마음을 들키고 싶지 않아
작은 손을 뿌리치기도 했지만,
그 아이는 모자란 마음까지도 채워 주겠다며
여린 마음을 내주었다.

그 아이를 만난 순간부터
내 하루는 하늘에서 내려올 생각을 하지 않았다.
보고 있어도 보고 싶었고,
시간이 없다면 잠자는 시간을 줄여서라도 시간을 만
들어 내던 사랑이었다.

그 작은 아이가 울지 않기를 바라는 마음으로 시작한
사랑이었지만,
서툰 표현들은 너를 불안하게 했고
혼자라고 느끼게 했다.

그때는 몰랐다.
매 순간 확인받고 싶으면서도,
또다시 확인받고 싶은 것이 사랑이라는 것을.

조금씩 그 여린 마음에 금이 가기 시작했고,
너의 예쁜 미소도 서서히 빛을 잃어갔다.

나는 너의 그늘이 되고 싶었다.
복잡한 세상 속에서 내 그늘에서만큼은 편히 쉬길 바랐다.
하지만 그 그늘이 너의 빛을 잃게 한다면,

너에게서 멀어지는 것이
내가 할 수 있는 마지막 사랑이었다.

이제는 그날의 웃음을 떠올리며,
그날의 하루를 수없이 후회하게 될 것이다.

하루의 끝에서

그날은 유난히 음울했다.

아마 내 얼굴도 꽤나 찌푸려져 있었을 것이다.

감정은 숨길 틈 없이 표정 위에 그대로 올라와 있었으니까.

우리가 처음 만나기로 한 날, 약속한 늦은 오후가 다가올 때까지도

나는 아무것도 하고 싶지 않았다.

모든 것을 내려놓고 그저 누워 있고 싶었다.

하루 종일 눈에 들어오는 것들마다 이유 없이 나를 괴롭히는 것만 같았으니까.

그렇게 약속 시간이 되었고, 처음 보는 너를 멀리서 발견했다.

그런데 이상하게도 낯설지 않았다. 순간 올라오는 따스한 감정,

처음 만나는 사람에게서 느끼기엔 과분할 만큼의 친근함이 스며들었다고 하면, 너는 믿을까.

너와 나눈 대화가 좋았다. 네가 말을 꺼낼 때의 표정, 문장 끝에 남는 여백,

무심한 듯 취하는 제스처까지 나는 전부 마음에 들었다.

그냥, 좋았던 것 같다. 너라는 존재가.

아침부터 삐걱거리며 한숨으로 시작했던 하루였는데, 끝자락은 너 덕분에 다정했다. 카페를 나서며 나는 너의 이름을 물었다.

마음껏 불러보고 싶었고, 그렇게 될 거라고 지금도 믿고 있다.

그날, 집은 잘 들어갔어?

봄의 꽃말은 우울

가만히 있어도 시간은 간다.

깎아도 깎아도 자라나는 손톱처럼 시간은 자란다.

마치, 내가 손절한 그 친구의 소식처럼 망연히 밀려온다.

달이 지고 해가 뜨고, 해가 지면 달이 뜨는 것이 당연
한 듯 이 시간은 간다.

초침이 튀고, 분과 시가 간다.

시간은 날 두고 떠난 그 사람처럼, 그렇게 간다.

나는 우두커니 이 곳에 서 있는데 시간은 뒤도 돌아
보지 않고 간다.

자꾸 움직이는 숫자들이 괴롭다.

난 늘 제자리걸음을 종종 뛰며,

지나는 계절을 붙잡지 못해 안쓰럽다.

그렇게 또 봄이다.

봄은 햇살을 가지고 오고 싹을 틔운다.

움츠렸던 몸을 일으키고, 언젠가 사두었던 신발을 고쳐신게 한다.

꿀벌들은 분주히 꿀을 따고, 꽃은 흐드러지게 기지개를 편다.

마음이 일렁인다.

곧 피어날 그 계절의 아지랑이처럼.

오늘 하루는 무슨 일이라도 일어날 것처럼.

하루가 나를 지나갔다.

졸업은 하루 만에 끝난다. 그러나 그 하루는, 우리 삶의 많은 하루들을 대신해 조용히 지나간다. 우리는 그 사실을 그날에는 알지 못한다. 평소보다 조금 더 조용한 아침, 조금 더 느린 걸음, 조금 더 오래 머무는 시선 속에서 하루를 시작할 뿐이다. 그리고 시간이 흐른 뒤에야 깨닫는다. 그날이 단지 졸업식이 있던 하루가 아니라, 한 시절 전체가 접히는 순간이었다는 것을.

그 하루는 특별하지 않은 얼굴로 우리 앞에 놓인다. 늘 보던 교실, 늘 듣던 종소리, 늘 앉던 자리. 모든 것은 그대로인데, 우리만이 조금씩 다른 사람이 되어 있다. 우리는 그 차이를 말로 설명할 수는 없지만, 마음은 이미 알고 있다. 이 하루를 지나면, 다시는 같은 방식으로 돌아올 수 없다는 것을.

졸업은 종종 시작이라고 불리지만, 나는 그날이 끝에

더 가까웠다고 생각한다. 누군가의 보호 속에서 머물 수 있었던 시간, 이유 없이 불려도 괜찮았던 이름, 실패해도 다시 돌아갈 수 있었던 자리와 작별하는 날. 우리는 그 사실을 크게 슬퍼하지도, 크게 기뻐하지도 않은 채 조용히 받아들인다. 그래서 더 오래 남는다.

그날은 말이 적었다. 대신 시선이 많았고, 숨이 길었고, 기억이 많았다. 우리는 서로를 오래 바라보지 않으려 애쓰면서도, 마음속으로는 오래 붙잡고 있었다. 그 하루는 아무 말도 하지 않았지만, 우리는 그 하루를 통해 처음으로 시간과 이별하는 법을 배웠다.

칠판 위에는 이미 풀린 문제들이 남아 있었고, 그 위에 덧붙일 문장은 더 이상 존재하지 않았다. 우리는 그 앞에 앉아 있었지만, 이미 그 문제들로부터 조금씩 멀어지고 있었다. 끝은 늘 이렇게 시작된다. 아직 자리에 있으면서, 이미 떠나고 있는 상태로.

우리는 마지막이라는 단어를 입에 올리지 않았지만, 마음은 알고 있었다. 더 이상 묻지 않아도 되는 문제들, 다시 쓰지 않아도 되는 이름들, 다시 돌아와도 같은 방식으로는 앉을 수 없는 자리들. 교실은 그대로였지만, 그 교실을 바라보는 우리의 눈은 어제와 같지

않았다. 우리는 같은 공간에 있었지만, 같은 시간에 있지는 않았다.

누군가는 창밖을 오래 바라보았고, 누군가는 책상 위를 천천히 쓸어내렸고, 누군가는 아무 의미 없는 낙서를 반복했다. 그 모든 행동은 각자의 방식으로 이 하루를 붙잡는 일이었다. 우리는 아무 말도 하지 않았지만, 서로의 침묵 속에서 같은 마음을 듣고 있었다. 이 자리가 곧 기억이 될 것이라는 예감, 그리고 그 기억이 다시는 현재로 돌아오지 않을 것이라는 조용한 확신.

교실의 공기는 평소보다 가볍지도, 무겁지도 않았다. 다만 조금 더 오래 머물렀고, 조금 더 천천히 흘렀다. 시간은 우리에게 서두르지 말라고 말하는 것처럼, 일부러 발걸음을 늦추고 있었다. 우리는 그 속도를 느끼면서도, 애써 모르는 척했다. 알게 되는 순간, 이 하루를 더 이상 견딜 수 없을 것 같았기 때문이다.

그날의 우리는 아직 학생이었지만, 이미 학생이 아니었다. 아직 불리고 있었지만, 곧 불리지 않을 이름들이었고, 아직 이 공간에 속해 있었지만, 동시에 이 공간을 떠나고 있는 사람들이었다. 우리는 그 모순 속에 조용히 앉아, 하루를 건너고 있었다.

삶은 언제나 이렇게 우리를 보내준다. 특별한 장면도, 극적인 음악도 없이. 다만 평범한 풍경 속에 조용히 마지막을 숨겨 놓은 채. 그래서 우리는 나중에서야 알게 된다. 그날이 단지 평범한 하루가 아니었다는 것을. 그날이 우리를 다른 시간으로 옮겨 놓았다는 것을.

그래서 나는 이제야 말할 수 있다. 졸업은 하루에 일어나지만, 그 하루는 평생을 데리고 간다고. 우리는 그날을 지나왔고, 그날은 지금의 우리를 데리고 계속해서 지나가고 있다고.

그리고 그때서야 비로소 이해한다. 어떤 하루는, 지나간 뒤에야 비로소 시작된다는 것을.

우리는 서로를 오래 바라보지 않았다. 눈이 마주치는 순간, 말보다 먼저 시간이 느껴졌기 때문이다. 말로 설명할 수 없는 것들은 언제나 시선에 먼저 남는다. 그래서 우리는 웃었고, 고개를 숙였고, 아무 말도 하지 않았다. 그 모든 반응은 같은 의미였다. 이 하루를 어떻게 보내야 할지, 아직 알지 못한다는 고백.

시작은 언제나 끝을 품고, 끝은 언제나 시작을 밀어내며 온다는 것을, 나는 그날 처음으로 몸으로 알았

작가님이
궁금하다면?

다. 우리는 그 경계 위에 서 있었다. 한쪽에는 익숙함이, 다른 쪽에는 아직 이름 붙일 수 없는 시간이 놓여 있었다. 우리는 어느 쪽으로도 급히 발을 내딛지 못한 채, 그 사이에 잠시 머물렀다. 그리고 그 짧은 머묾이, 오히려 가장 길게 느껴졌다.

우리는 앞으로 나아가는 사람도, 뒤를 돌아보는 사람도 아니었다. 다만 시간을 건너는 사람들이었다. 발밑에 놓인 하루를 조심스럽게 디디며, 어디로 향하고 있는지조차 명확히 알지 못한 채.

그 하루는 우리에게 선택을 요구하지 않았다. 대신 받아들이는 법을 가르쳤다. 떠나는 것을, 변하는 것을, 그리고 더 이상 같은 이름으로 불리지 않을 자신을. 우리는 그 사실을 슬퍼하지도, 기뻐하지도 않았다. 다만 조용히 이해해 가고 있었다.

어쩌면 성장이라는 것은, 무언가를 얻는 일이 아니라 익숙했던 것들과 다르게 작별하는 방법을 배우는 일인지도 모른다. 우리는 그날 처음으로 알았다. 어떤 작별은 울음도, 포옹도, 큰 말도 없이 완성된다는 것을. 이렇게, 아무 말 없이 하루를 건너는 방식으로.

그래서 그 하루는 특별하지 않은 얼굴로 우리를 지나

갔지만, 우리는 그 하루를 통해 조금 더 조용한 사람이 되었고, 조금 더 오래 생각하는 사람이 되었으며, 조금 더 천천히 살아가는 사람이 되었다. 그리고 나는 이제야 알게 되었다. 그날의 우리는 졸업한 것이 아니라, 스스로를 한 번 더 지나온 것이었다.

집으로 돌아오는 길, 나는 평소보다 천천히 걸었다. 속도를 늦추면 시간이 붙잡힐 것 같았고, 멈추면 기억이 남을 것 같았다. 그러나 시간은 붙잡히지 않았고, 기억은 애쓰지 않아도 이미 안에 들어와 있었다.

잃은 것은 아무것도 없었지만, 돌아갈 수 있는 것은 더 이상 없었다. 교실도, 친구도, 이름도 그대로 있었지만, 그것들을 바라보던 나만이 조용히 다른 사람이 되어 있었다. 익숙한 풍경이 낯설게 느껴질 때, 우리는 비로소 그 안에서 빠져나왔다는 사실을 깨닫는다. 나는 그날, 처음으로 내가 지나온 시간 바깥에 서 있는 기분을 느꼈다.

걸음을 옮길수록 마음은 점점 더 조용해졌다. 웃었던 얼굴, 말하지 않던 얼굴, 서로를 오래 보지 않으려 애쓰던 순간들이 겹쳐졌다. 그것들은 기억이 아니라, 이미 나의 일부가 되어 조용히 숨 쉬고 있었다.

졸업이던 하루 그날 이후의 이야기

나는 알게 되었다. 어떤 하루는 떠나보내는 것이 아니라, 몸 안에 들이는 일이라는 것을. 우리는 그 하루를 지나오지만, 그 하루는 우리 안에서 오래 머문다. 그래서 시간이 지나도, 아무 이유 없이 다시 떠오를 수 있는 것이다. 햇빛 하나, 소리 하나, 냄새 하나에 의해. 한 시절은 닫히는 것이 아니라, 안고 살아가게 되는 것이었다. 우리는 그날 이후, 더 이상 그 시절로 돌아갈 수는 없지만, 그 시절과 함께 살아가게 된다. 그것이 어른이 되는 방식이라는 것을, 나는 그제야 이해하기 시작했다.

집 앞에 다다랐을 때, 나는 잠시 멈춰 서서 뒤를 돌아보았다. 보이지 않는 교실, 보이지 않는 얼굴들, 보이지 않는 하루를 향해. 그리고 마음속으로 아주 작게 인사했다.잘 다녀왔다고. 그리고 잘 보내주었다고.

그날 이후로 나는 안다. 어떤 하루는 끝나지 않고, 단지 다른 이름으로 계속된다는 것을. 그리고 우리는 그렇게, 지나간 하루들로 이루어진 사람이 되어 오늘을 살아간다는 것을.

교복을 벗는 일보다, 그 안에 있던 나를 내려놓는 일

이 더 오래 걸렸다. 사람은 옷보다 늦게 변하고, 시간보다 천천히 어른이 된다. 우리는 겉모습을 먼저 벗지만, 그 안에 익숙해진 태도와 말투와 기대와 두려움은 한참 뒤에야 조용히 흘러내린다. 그래서 어떤 성장은 눈에 보이지 않는 자리에서 가장 오래 머문다.

그날 이후로 나는 수많은 하루를 살았다. 어떤 하루는 바빴고, 어떤 하루는 공허했고, 어떤 하루는 이유 없이 오래 남았다. 기쁜 날도 있었고, 아무 이유 없이 지친 날도 있었으며, 아무 일도 없었는데 마음이 무거운 날도 있었다. 그러나 그 모든 하루들 사이에는 늘 그날이 조용히 놓여 있었다. 드러나지 않게, 하지만 사라지지 않게.

그날은 나에게 무엇을 가르치지 않았다. 대신 내가 스스로 알게 했다. 놓아도 사라지지 않는 것이 있다는 것, 놓아야 비로소 남는 것이 있다는 것. 붙잡고 있을 때는 보이지 않던 것들이, 손을 놓은 뒤에야 제 자리를 찾는다는 것을. 그리고 사람은 떠난 자리로 살아가는 것이 아니라, 남겨진 방향으로 살아간다는 것을.

나는 무언가를 잃을 때마다 그날을 떠올린다. 그리고 그날을 떠올릴 때마다, 사실은 내가 무언가를 잃은 것

이 아니라 조금 더 다른 사람이 되어가고 있다는 사실을 받아들이게 된다. 우리는 사라짐으로 인해 비워지는 것이 아니라, 사라짐을 통해 다시 채워진다.

졸업은 하루에 일어난다. 그러나 우리는 그 하루를 수십 년에 걸쳐 이해한다. 어떤 날은 그 의미가 또렷해지고, 어떤 날은 흐려지며, 어떤 날은 전혀 떠오르지 않다가도 문득 아무 이유 없이 돌아온다. 그리고 그때마다 우리는 조금씩 다른 방식으로 그날을 해석한다. 그것이 시간이 우리에게 허락한 이해의 방식이기 때문이다.

이제 나는 안다. 그날은 지나간 하루가 아니라, 지금의 나를 조용히 떠받치고 있는 하루라는 것을. 내가 선택할 때마다, 포기할 때마다, 기다릴 때마다, 다시 걸어갈 때마다, 그날의 내가 내 안에서 조용히 나를 바라보고 있다는 것을.

그래서 나는 오늘도 하루를 산다. 특별하지 않은 얼굴로, 그러나 결코 가볍지 않은 마음으로. 언젠가 또 하나의 하루가 나를 지나가겠지만, 그 하루 또한 언젠가는 나를 이루는 하루가 될 것임을 알기에, 나는 더 이상 서두르지 않는다. 하루는 언제나, 우리가 준비되었

을 때만 우리를 지나가기 때문이다.

그날은 지나갔지만, 그날의 나는 아직도 내 안에서 나를 바라보고 있다. 그 하루는 나를 떠나간 시간이 아니라, 나를 여기까지 데려온 시간이었다. 우리는 흔히 지나간 시간을 잃었다고 말하지만, 사실은 그 시간 덕분에 지금의 자리에 서 있는 것이다. 시간은 우리를 떠나는 것이 아니라, 우리 안에 머문 채 우리를 앞으로 밀어준다.

그래서 지금도, 어떤 하루의 끝에서 문득 멈추게 되면 나는 조용히 그날을 떠올린다. 그날의 빛, 그날의 공기, 그날의 침묵, 그날의 나를. 그리고 마음속으로 아주 낮게 말한다. 그 하루가 있었기에 나는 아직도 나를 잃지 않고 살고 있다고.

우리는 수없이 많은 하루를 지나오지만, 어떤 하루는 유난히 오래 남는다. 그것은 특별해서가 아니라, 우리를 조금 더 깊은 사람으로 만들어 주었기 때문이다. 그날은 내게 답을 주지도, 용기를 주지도 않았다. 다만, 내가 나 자신을 잃지 않도록 조용히 붙잡아 주었다.

나는 이제 하루를 쉽게 보내지 않는다. 하루가 끝날 때마다, 그 하루가 내 안에 어떤 흔적으로 남았는지를

조용히 묻는다. 그리고 그 질문 속에서 나는 조금 더 나에게 가까워진다. 어쩌면 삶이란, 하루를 살아내는 일이 아니라 하루를 이해해 가는 일인지도 모른다.

그날 이후로 나는 알게 되었다. 우리는 시간이 흘러서 어른이 되는 것이 아니라, 하루를 견디고, 받아들이고, 보내주면서 어른이 된다는 것을. 그리고 그 과정은 언제나 소리 없이, 아주 조용히 이루어진다는 것을.

그래서 나는 오늘도 또 하나의 하루를 살아간다. 완전히 알지 못한 채, 그러나 완전히 외면하지도 않은 채. 언젠가 오늘 또한 또 다른 나를 데려온 하루가 될 것임을 알기에, 나는 이 하루를 함부로 지나치지 않으려 한다.

그리고 언젠가, 지금의 내가 또 다른 하루의 끝에서 멈춰 서게 된다면, 나는 오늘의 나를 떠올리게 될 것이다. 그리고 오늘의 나에게도 조용히 말해 줄 것이다.

잘 지나왔다고. 잘 견뎠다고. 그리고, 충분히 살아냈다고.

우리는 그렇게 하루를 건너왔다

그날 아침, 우리는 평소보다 조금 일찍 교실에 도착했다. 누구도 먼저 말을 꺼내지 않았지만, 모두가 오늘이 마지막이라는 것을 알고 있었다. 창문 밖에서 들어오던 햇빛은 유난히 하얗게 바닥에 내려앉았고, 책상 위에는 먼지처럼 조용한 시간만 쌓여 있었다.

"오늘 끝이네."

누군가 작게 말했다. 나는 고개를 끄덕였지만, 사실 끝이라는 말이 잘 이해되지 않았다. 우리는 내일도 살아 있을 것이고, 이름도 그대로일 것이며, 다만 이 자리에만 없을 뿐이었다. 그런데도 끝이라는 말은, 생각보다 무거웠다.

교실을 둘러보았다. 우리가 웃었던 자리, 졸았던 자리, 울었던 자리, 아무 말 없이 앉아 있던 자리. 그 모든 자리는 그대로인데, 그 자리에 앉아 있던 우리는

이제 사라질 예정이었다.

졸업식은 생각보다 짧았다. 사진을 찍고, 꽃을 받고, 서로의 등을 두드렸다. 축하보다 작별이 더 많이 섞인 인사들이 공기처럼 흩어졌다. 우리는 웃고 있었지만, 그 웃음은 오늘을 보내기 위한 예의에 가까웠다.

나는 문득, 아주 오래 전의 졸업을 떠올렸다.

유치원을 졸업하던 날, 작은 가방을 메고 엄마 손을 꼭 잡고 서 있던 나. 그날의 나는 졸업이 무엇인지도 몰랐다. 다만, 이제 다른 교실로 간다는 사실이 조금 무서웠고, 조금 기대되었다. 그때의 나는, 세상이 이렇게 넓어질 줄 몰랐다.

초등학교를 졸업하던 날, 교실이 유난히 커 보였고, 친구들이 갑자기 어른처럼 느껴졌다. 우리는 서로의 연락처를 적어 주며, 꼭 다시 만나자고 약속했다. 그 약속이 지켜질지보다, 약속을 했다는 사실이 더 중요했던 나이였다.

중학교를 졸업하던 날, 나는 처음으로, 다시 돌아오지 않을 시간이 있다는 것을 조금 이해했다. 교복 치마를 손으로 쓸어내리며, 이 옷을 더 이상 입지 않아도 된다는 사실이 이상하게 낯설었다.

고등학교를 졸업하던 날, 나는 10대의 마지막을 끝내고 있었다. 어른이 되는 문 앞에서, 나는 설렘보다 두려움을 더 많이 들고 서 있었다. 아무도 대신 살아주지 않는 나이가 시작된다는 것을, 그날 처음 실감했다.

그리고 지금, 나는 대학 졸업 가운을 입고 있었다. 학사모를 쓰고, 졸업장을 들고, 꽃다발을 안고 있었다. 불과 며칠 전까지만 해도 강의실에 앉아 있었던 것 같은데, 나는 이미 사회로 나갈 준비를 하고 있었다.

거울 속의 나는, 분명 어른이었지만, 여전히 마음 어딘가는 학생처럼 남아 있었다.

"이제 진짜 어른이네."

누군가 말했다. 나는 웃었지만, 그 말은 축하처럼 들리지 않았다. 책임과 선택과 불확실함이 함께 묶인 단어처럼 느껴졌다.

우리는 학교에서 많은 것을 배웠다. 정답을 찾는 법, 틀리는 법, 다시 쓰는 법, 기다리는 법, 포기하는 법, 그리고 아주 가끔, 스스로를 믿는 법.

하지만 사회로 나가면, 정답은 늘 숨겨져 있고, 틀렸다는 사실은 뒤늦게 알려지며, 다시 쓸 기회는 스스로 만들어야 하고, 기다림은 보장되지 않으며, 포기는 용

기가 필요하고, 믿음은 오직 자기 자신에게서만 온다. 그 차이를 알면서도, 우리는 그날을 건너야 했다.

졸업장은 얇은 종이였지만, 그 안에는 수많은 하루가 접혀 있었다. 늦게 일어난 아침, 졸린 강의실, 갑자기 울고 싶었던 오후, 이유 없이 웃었던 밤, 괜히 불안했던 새벽.

나는 그 종이를 가방에 넣으며 생각했다. 이제 나는, 이 시간들을 들고 다른 하루로 들어가는 사람이 되는구나.

집으로 돌아오는 길, 나는 일부러 천천히 걸었다. 속도를 늦추면 시간이 붙잡힐 것 같았고, 멈추면 기억이 남을 것 같았다. 그러나 시간은 붙잡히지 않았고, 기억은 남으려 애쓰지 않아도 이미 안에 들어와 있었다. 길가의 나무, 신호등, 지나가는 사람들, 모든 것이 그대로였지만, 나는 그 모든 것을 처음 보는 사람처럼 바라보고 있었다. 익숙한 풍경이 낯설게 느껴질 때, 우리는 비로소 한 시절을 빠져나왔다는 사실을 알게 된다.

나는 알았다. 졸업은 잃는 일이 아니라, 돌아갈 수 없게 되는 일이라는 것을. 사라진 것은 아무것도 없었지

만, 되돌릴 수 있는 것은 더 이상 존재하지 않았다.

그날 이후로 나는 수많은 하루를 살았다. 바쁜 하루, 공허한 하루, 이유 없이 오래 남는 하루. 기쁜 날도 있었고, 지친 날도 있었고, 아무 일도 없었는데 마음이 무거운 날도 있었다.

그러나 그 모든 하루들 사이에는, 늘 그날이 조용히 놓여 있었다.

그날은 나에게 무엇을 가르치지 않았다. 대신 내가 스스로 알게 했다.

놓아도 사라지지 않는 것이 있다는 것. 놓아야 비로소 남는 것이 있다는 것. 그리고 사람은 떠난 자리로 살아가는 것이 아니라, 남겨진 방향으로 살아간다는 것을.

나는 무언가를 잃을 때마다 그날을 떠올린다. 그리고 그날을 떠올릴 때마다, 사실은 내가 무언가를 잃은 것이 아니라, 조금 더 다른 사람이 되어가고 있다는 사실을 받아들이게 된다.

졸업은 하루에 일어난다. 그러나 우리는 그 하루를 수십 년에 걸쳐 이해한다.

어떤 날은 또렷해지고, 어떤 날은 흐려지고, 어떤 날은 전혀 떠오르지 않다가도, 문득 아무 이유 없이 마

음속에 돌아온다.

그리고 그때마다 우리는, 조금씩 다른 방식으로 그날을 해석한다.

이제 나는 안다. 그날은 지나간 하루가 아니라, 지금의 나를 조용히 떠받치고 있는 하루라는 것을.

그래서 나는 오늘도 하루를 산다. 특별하지 않은 얼굴로, 그러나 결코 가볍지 않은 마음으로.

언젠가 또 하나의 하루가 나를 지나가겠지만, 그 하루 또한 언젠가는 나를 이루는 하루가 될 것임을 알기에, 나는 이 하루를 함부로 지나치지 않으려 한다.

그리고 언젠가, 또 다른 졸업 같은 하루 앞에 서게 된다면, 나는 오늘의 나를 떠올릴 것이다.

그리고 조용히 말해 줄 것이다.

잘 지나왔다고. 잘 견뎠다고. 그리고, 충분히 살아냈다고.

그날 이후로 나는 알게 되었다.

졸업은 끝이 아니라, 하루를 통과한 사람만이 가질 수 있는 이름이라는 것을.

그리고 우리는, 그 이름을 안고 다시 또 하나의 하루 속으로 걸어 들어간다.

조용히, 그러나 분명하게.

그리고 나는 더 오래 살아보며 알게 되었다. 졸업은 학교에서만 일어나는 일이 아니라는 것을.

어느 날은 부모의 집을 떠나는 하루가 또 하나의 졸업이 되었고, 어느 날은 스스로 모든 선택을 책임져야 하는 하루가 또 하나의 졸업이 되었다. 집 열쇠를 처음으로 혼자 쥐고 문을 닫던 날, 나는 처음으로 나를 맡길 사람이 나 자신 뿐이라는 사실을 조용히 받아들였다.

그날의 나는 울지도 않았고, 웃지도 않았다. 다만 집 안에 남아 있던 공기를 한 번 더 바라본 뒤, 아무 말 없이 문을 닫았다. 그리고 그 문 하나가, 부모의 아이였던 나와 나로 살아가야 할 나를 가르고 있다는 것을 그제야 알았다.

그날 또한, 졸업이었다.

그리고 또 한 번, 나는 다른 이름으로 불리게 되는 하루를 만났다.

결혼이라는 이름의 하루였다.

누군가의 가족이 되는 날, 나는 처음으로 혼자였던 나를 조용히 내려놓았다. 부모의 품에서 벗어난 졸업이

나를 혼자로 만들었다면, 결혼이라는 졸업은 나를 둘로 만드는 일이었다.

그날의 나는 기쁘면서도 두려웠고, 설레면서도 조용했고, 확신하면서도 떨리고 있었다.

나는 알았다. 사랑이란, 누군가에게 기대는 일이 아니라 누군가와 함께 책임을 배워가는 일이라는 것을.

그래서 그날의 나는 행복한 신부이기 이전에, 또 하나의 하루를 건너는 사람이었다.

그리고 나는 다시 한번 배웠다. 졸업은 언제나, 더 넓은 삶으로 들어가기 위한 조용한 통과 의례라는 것을.

아이였던 나의 졸업, 학생이었던 나의 졸업, 젊음이었던 나의 졸업, 그리고 이제, 혼자였던 나의 졸업.

나는 그렇게 수없이 많은 나를 졸업하며 지금의 내가 되었다.

그리고 이제는 안다.

우리는 단 한 번 어른이 되는 것이 아니라, 하루하루 어제의 나를 졸업하며 조금씩 어른이 되어간다는 것을.

그래서 지금의 나는 더 이상 졸업을 두려워하지 않는다.

졸업은 잃는 일이 아니라, 나를 넓히는 일이기 때문이다.

그리고 나는 오늘도 또 하나의 하루를 산다. 언젠가

다시 떠나보내야 할 나를 품은 채, 그러나 지금의 나를 충분히 살아내기 위해.

언젠가 이 하루마저 졸업하게 되더라도, 나는 알 것이다.
그날 역시 나를 떠나간 시간이 아니라, 나를 더 깊게 데려온 시간이었다는 것을.

그리고 나는, 그 모든 졸업들 덕분에 지금 여기까지 살아온 사람이라는 것을.

일상

새벽녘, 알람 소리가 하루의 시작을 알렸다. 찌뿌둥한 몸을 일으켜 창밖을 보니, 아직 어둠이 채 가시지 않은 하늘에서 별들이 희미하게 반짝이고 있었다. 오늘도 똑같은 하루가 시작되겠지. 익숙한 생각에 무심코 중얼거렸다.

하지만 굳이 오늘을 특별하게 만들 필요는 없었다. 어쩌면 평범함 속에 숨겨진 소소한 행복이 있을지도 모른다. 따뜻한 커피 한 잔, 창가에 비치는 햇살, 길가에 핀 작은 꽃 한 송이. 오늘 하루, 나는 그 모든 순간들을 온전히 느끼고 싶었다.

거울 속 자신의 얼굴을 보며 준혁은 희미하게 미소 지었다. 완벽하지 않아도 괜찮다. 오늘 하루, 나는 나 자신으로 살아가면 되는 것이다.

사소한 톱니바퀴

여느 때와 다름없는 오후였다. 창밖으로는 시끄러운 자동차 소리와 분주한 사람들의 발걸음이 뒤섞여 들려왔다. 혜진은 멍하니 창밖을 바라보았다. 시간은 쉼 없이 흘러갔지만, 왠지 모르게 오늘은 모든 것이 멈춘 듯 느껴졌다.

문득, 규담은 자신의 삶이 너무나도 단조롭다는 생각이 들었다. 매일 반복되는 일상, 똑같은 생각, 똑같은 감정. 마치 톱니바퀴처럼 돌아가는 하루 속에 갇혀버린 기분이었다.

그때, 휴대폰에서 경쾌한 알림음이 울렸다. 친구로부터 온 메시지였다. "오늘 저녁, 맥주 한잔할래?" 규담은 망설임 없이 답장을 보냈다. '그래!' 사소한 변화가 오늘 하루를 특별하게 만들 수 있다는 것을, 혜진은 그 순간 깨달았다.

졸업후 낯선 하루

졸업장을 접어
가방 한쪽에 넣은날
세상은
리허설없는 무대

아무도 정답을 알려주지 않은
처음 해보는 일들 앞에서
자주 멈춰서서
다시 바라보는
내 선택

잘못된 길처럼 보여도
다시 되돌릴수없는
발걸음

조금씩 어른의 얼굴로
밀어 넣는다

낯설다는 이유만으로
두려워했던
낯선 하루

나를 키운 순간이었음을
지금도 서있는 그 낯선하루

나의 멋진 하루에게

조금 느려도 괜찮아
아직 멈추지 않았으니까

잘 하지 않아도 괜찮아
앞으로도 포기하지 않을 테니까

내 손에 꼭 쥐어진 작은 퍼즐 한 조각을
어디에 채워 넣을지
언제 완성해야 할지
걱정하지마

우린 이미 알고 있잖아
인생은 결국 미완성이라는 걸

누군가의 삶에 견주려 하지마
묵묵히 가꿔온 우리 삶은
지금도 충분히 아름다우니까

따스한 아침 햇살과 함께 오는
나의 하루야

때론 답을 찾아 헤맨 적도 있었지만
어느 순간 나는 알게 되었단다

내가 살아가는 한
나는 매일 새로운 꽃이 피는
인생의 정원을 가꾸며
나만의 멋진 하루를 누리게 될 거라는 걸

우주고래

하루의 끝에서

그녀를 바라본다

일미터 조금 못미치는 너머

함께 나눈 이야기들

그녀의 사연, 나의 사연

그녀의 남자, 나의 여자

함께 마신 술, 같이 피운 담배

흘러가는 술

피어오르는 연기

오늘 뭐하고 지냈는지?

잘 살고 있는지?

어떻게 살아남았는지?

어떻게 버텨나갈 건지?

그녀가 말했다

그저 내일이 오늘보다

낫기를, 그것이 아니라면
오늘 정도의 내일이기를
하루를 살아가는 것
소중한 이들의 친절함을
기억하는 것
무너지지 않으며
전부를 내려놓지 않는 것
그저 그런 정도
그런 이야기를 속삭인다

나의 답신
당신 덕분에 비로소
하루의 끝에 도달하여
여기 나를 내려 놓는다고
잃어버린 인생의 온기
돌이킬 수 없는 실수
그럼에도 세상은 늘 아름다웠고
당신을 내일 만날 수 있기에
오늘을 살 거라고
그저 그런 정도
그런 이야기를 속삭인다

나의 하루 완성의 '루틴'(하루)

작은 루틴 하나하나가 모여 하루가 돌아간다.

아침, 어렵게 눈을 뜨고 팔과 다리를 이리저리 움직이며 몸을 깨운다.

나의 하루 1막, 아침 루틴의 시작이다.

아침 어스름이 번지고 부지런한 새소리가 들려온다.

하루가 천천히 깨어난다.

"5분만 더!"를 외치는 아이들을 가까스로 깨우며 두 아들의 방을 오간다.

여러 번 왔다 갔다 한 끝에 한 아이가 샤워실로 향한다.

그제야 나는 주방으로 향해 아침 식사를 준비한다.

남편은 대체로 아침을 먹지 않는다.

안 챙겨주다 보니 버릇이 된 걸까? 아니다.

그는 본인 준비만으로도 아침이 늘 빠듯한 사람이다.

큰아들은 새 모이만큼 먹는다. 그것도 아무거나가 아
닌 주먹밥 정도다.
작은아들은 무엇이든 한 그릇 이상을 먹는다.
하루 중 내가 챙겨줄 수 있는 '식사다운 식사'다. 귀가
가 늘 늦기 때문이다.
다음은 남편의 출근 준비를 돕는 일.
와이셔츠와 양복에 섬유 향수를 뿌려 대령하고,
냉장고에 넣어둔 화장품을 꺼내놓는 것이 내 아침의
마지막 임무다.

뒤이어 나도 출근 준비를 한다.
평균적으로 남편의 준비 시간은 1시간 남짓,
아이들의 등교 준비는 40분,
그리고 나의 준비 시간은 단 15분이다.

쌍둥이 아들 중 한 명은 남편이,
또 한 명은 내가 각각 등교를 맡는다.
두 아이의 학교가 다르기 때문이다.
이렇게 아내로, 엄마로서의 하루 1막이 끝난다.

2막 – 일의 루틴

직장에 도착하면 커피 한 잔을 하며 메일을 정리하고
그날 처리해야 할 업무 목록을 작성한다.
점심은 동료들과 함께하고, 티타임을 가진 뒤
퇴근 전 업무 목록을 다시 점검한다.

예상치 못한 돌발 업무가 생기더라도
정해둔 루틴만큼은 반드시 지킨다.
그게 하루를 단단하게 만들어 주는 내 방식이다.

3막 – 몰입의 루틴, 러닝

퇴근 후엔 내가 가장 몰입하는 러닝의 시간이다.
요즘은 헬스장에서 트레드밀 위에서 달린다.
무릎과 정강이 통증으로 야외 러닝이 힘든 날엔
트레드밀이 최고의 대안이 된다.

운동을 마치고 집으로 돌아오며 붉은 노을을 본다.

그때 밀려오는 건 피로가 아니라
'오늘도 해냈다'는 작은 성취감이다.

저녁의 공기, 그 시간만의 냄새가 있다.
집으로 향하는 각자의 기대와 피곤함,
그리고 설렘이 뒤섞여 만들어내는 생활의 냄새.
그 냄새를 맡을 때면 오늘 하루가 뿌듯하게 느껴진다.

4막 – 집으로 돌아온 루틴

퇴근한 남편과 귀가한 아이들을 위해 저녁을 준비한다.
모두의 식사 시간이 다르고 취향도 달라
저녁은 두세 번에 나누어 차려야 한다.
그중에서도 남편의 저녁에 가장 신경을 쓴다.
집에서의 첫 끼이자,
영업직인 그가 하루 종일 굶는 경우도 많기 때문이다.

식사가 끝나면 남편의 간식을 준비한다.
거창할 건 없다. 과일이나 마른 스낵,
아니면 시원한 아이스크림 정도다.

졸업이던 하루 그날 이후의 이야기

그다음엔 퇴근 전에 돌려둔 빨래를 널고,
마른빨래를 걷어 개켜 둔다.

이렇게 4막의 루틴이 마무리되면 이제 자유다.
가장 좋아하는 소파에 기대어
못다 본 SNS를 보고, 책을 읽고,
드라마를 다시 챙겨본다.

짧지만 그 시간을 기다려온 긴 하루였다.
그래서 더 달콤하다.

그렇게 나의 하루는 루틴으로 완성된다.
가끔 루틴을 벗어난 작은 일탈의 날이 찾아오면
다시 루틴으로 돌아갈 힘을 얻게 된다.
그걸 사람들은 '재충전'이라 부른다.

해가 드러나고, 타 들어가고, 흔적을 남기고(하루)

아침 환기를 위해 테라스 창을 열고는 깜짝 놀랐다.
정원을 가득 채웠던 키 큰 나무들이 하나같이 싹둑 베어져 있었다.
처음 이사 오는 날 키 큰 나무들로 인해 햇볕이 안 들어온다고 가지치기라도 할 수 없겠느냐고 관리실에 의뢰했지만,
아파트 입주민들이 거부하는 바람에 어렵겠다는 답변만 받았었다.

햇볕을 가리던 푸른 잎들이 사라진 자리에 청량한 하늘이 남았다.

햇볕 부자가 된 주말 아침이다.
키 높은 창을 다 열어젖히고 파란 하늘을 만끽했다.

하얀 카펫 위에 수놓아진 햇살이 포근했고, 싱그럽고, 아름다웠다.

더군다나 따스한 햇살이 좋은 '다시 가을'이었다.

시간이 허락했다면 웃자란 가지들 정리라도 해주고, 꽃잎이 지는 쿠페아도 다시 예쁨을 뽐내도록 정돈해 줄 텐데.

핑계가 많아지는 요즘이다.

가만히 생각해 보니,

언제 가지치기를 했던 걸까. 창문을 열어보지 않은 지 얼마나 되었던 걸까.

햇볕이 이렇게나 예쁘게 부서지고 있었음을 아직까지 모르고 있던 나 자신이 한심했다.

한 달 사이 많은 일들이 있었지.

그새 일주일에 한 번은 병원을 들락 거렸고, 24년 몸 담았던 회사를 떠나느니 마느니 고민도 많았으니

집 안에서의 손길이 부족했던 것은 사실이다.

안주인의 터치가 몹시도 그리웠을 화분들에게도 미안했고, 수북하게 먼지만 쌓여가는 진열장에도 미안

했고,

정돈되지 않은 싱크대에도 미안했다.

그렇다고 꽤나 부지런하고 깔끔한 스타일은 못되지 내가.

거실에 늘어놓은 햇볕은 그런대로.

나는 또 나대로의 바쁜 일정을 소화한다.

그 바쁜 일정 중 한 시간이라도 카페에 앉아 글을 쓸 수 있다면 그게 또 행복이지.

내 머릿속 스위치로 요즘 커피를 즐겨 마시지 못한다.

변화된 내 삶 속의 가장 큰 부분을 차지하고 있는 것 중 하나다.

캐모마일 릴렉스 따뜻하게 한잔.

레트로 감성 부리며 글 쓰기란 살면서 부릴 수 있는 최고의 호사다.

카페 창밖을 보니 어느덧 해가 기울며 그림자를 뿌려 놓았다.

얼마 전 태국 음식점에서 마셨던 '타이 밀크티' 생각

졸업이던 하루 그날 이후의 이야기

이 나는 하늘색이다.

하얀 밀크티에 주황색이 엷게 수놓아진 홍차.

하늘이 훤히 드러난 테라스에서 바라본 이 시각 하늘은 어떤 색일까.

햇볕의 그림자가 옅은 주황색으로 드리워진 예쁜 하늘색이겠지?

거의 다 타들어가 재를 남기는 밤하늘을 바라보며 또 글 한 줄 적어봐야지 싶다.

오늘 하루도 오롯이 나를 껴안고 머리를 쓰다듬고 잘하고 있다고 토닥토닥.

하루의 방향

하루는 누구에게나 주어진다.
다만, 그 하루를 어떻게 쓰느냐에 따라
미래는 조금씩 달라진다.

어둡고 추운 곳에서 버티고 있다면
언젠가는 밝고 따뜻한 미래가 펼쳐질 것이고,
뒤에서 누가 뭐라 해도
앞만 보고 전진한다면
그만큼의 성과는 결국 남게 될 것이다.

당신의 하루는 어떤 모습인가.
뒤에서 수군거리는 사람인가,
앞만 보고 나아가는 사람인가.
아니면 지금,
어둡고 추운 곳에서
묵묵히 버티고 있는 사람인가.

하루의 거짓말

하루는 말했다
지나갈 거라고

아끼는 말을
술병처럼 닫았고
울어도 되는 시간을
거울 앞에 세워두었다

해는 늘 그 자리에 있었고
사람은 그렇게 스쳤고
괜찮은 쪽 얼굴만
내밀었다

문제는 없어 보였다
아니,

없어 보이게 하는 일에
익숙했다

하루는 끝까지
들키지 않았고
집에 와서야
양말을 벗듯
마음을 벗는다

하루의 거짓말은
괜찮다는 말이 아니라
괜찮을 수 있는 시간이
남아 있다는 말이다

얕은 곳에서

비록 지금 당장의 앞이
힘들기만 한 가시밭이어도
그 길이 얼마나 가겠습니까

나를 안아주고 싶으셨던
사랑이란 감정들 또한
이 마음 얼마나 가겠습니까

결국, 삶을 책으로 친다면
이 이야기 들은 고작
몇 페이지에 불과할 것이니

지금 당장의 하루에서 나를
최대한 많이 사랑해주시기를

인생, 그 하루

곱게 피어난 노을
지고 나면

짙어진 밤 향기
내 곁에 조용히 내려앉고

인생이라는 이 하루
피었다가 지면

나는 무엇이 되어
다음 생, 그 하루를 맞이할까.

또 하루를 보내겠지요

오늘도
어김없이 출근을 합니다

화장을 하고 옷을 입고
가방을 챙기고 신발을 신습니다

현관 거울 앞에서
마지막 점검을 합니다

여느 때와 달리
처진 어깨가 있습니다
미소를 감춘 얼굴도 있습니다

애써 어깨를 펼쳐봅니다

힘껏 미소도 장착해 봅니다

여느 때와 같이
현관문을 나섭니다
또 하루를 보내겠지요

여느 때와 달리
내 세상에서
당신 사라진 오늘이라도.

오늘의 나

마침내 하루가 가고 내일이 온다.

오늘의 나는 잘 살았던가.
웃으면서 다녀왔다고 할 수 있는 오늘을 보냈던가.

사실 잘 모르겠다.

그래도 한 번은 웃었으니 다행이다.

즐겁지 않았어도 손을 흔들면서 인사할 수 있던 하루
라 다행이다.

하루의 내용

무거운 눈꺼풀이 들리는 아침은
아직 열지 못한 봉투처럼 얌전해서
여린 손끝으로 조심히 뜯어보게 되지

하루의 내용이
수수하게 그려진 한 점의 그림일지
거칠게 할퀴어진 종이 조각이 될지

듬성듬성 찢어놓은 틈 사이로
종이 냄새가 먼저 새어 나와 방을 메우고
손끝은 벗겨져 얇은 통증이 스치네

그제야 크게 떠진 눈과 함께
가라앉았던 몸이 겨우 끌려오고

졸업이던 하루 그날 이후의 이야기

오늘따라 조용하던 문고리는
열에 달궈졌는지 몸이 머뭇거리네

그림을 확인도 못한 채
봉투는 반쯤 너덜거리고
데인 손끝만 아려 남았네

버리지 못한 하루

눅눅한 바람이 스미는
햇살이 고개를 기울인 저녁이 되면

하루는 종이처럼 얇아져
주머니 속으로 구겨져 들어간다

구겨진 주름 사이엔
입안에서 나오지 못한 말들이 남아
차가운 손을 넣을 때마다 바스락거리고

그렇게 방구석에 던져놓은 하루들이
발에 차여 굴러다니는데

차마 쓰레기통에 던지지도 못하네

하늘을 지나간 날

오늘따라 햇살은 조금 더 따뜻했고
바람이 다가와 뺨을 간지럽히고 지나갔다

버스 창가에 기대어도
어깨는 덜 구겨졌고

시원한 공기가 몸을 돌면서
조금씩 등을 두드렸다

푸르게 열린 하늘을 지나가는
하얀 돛단배에 오늘 하루를 올리고

지저귀는 새들은 날개로
그 배를 가볍게 밀어주었다

그렇게 햇살이 고개 숙여 인사해 주면

마음 한편에서 천천히 온기가 피어오르네

졸업이던 하루 그날 이후의 이야기

널 만나는 하루

널 만나는 하루

일을 하다가
마우스를 멈추고
너의 이름을
마음속에 한 번 적는다
지워지지 않게
굳이 백업도 한다

회의 중에도
노트 한 귀퉁이에
약속 시간만
동그라미 친다
숫자 하나에

하루의 중심이 걸려 있다

점심을 먹으며
너라면 이 메뉴를 골랐을까
몇 번이나 되뇌고
답은 늘
너 쪽으로 기운다

퇴근길 버스 안
창에 비친 내 얼굴이
조금 들떠 있다
아직 만나지도 않았는데
이미 반은
네 옆에 앉아 있다

널 만나는 하루는
특별한 일을 하지 않아도
모든 순간이 이유가 된다
생각이 자꾸 너로 돌아가서
하루가 자연스럽게

사랑이 된다

오늘은
널 만나기 위해
하루를 산 날
그리고
하루를 다 써서
널 더 좋아하게 된 날

하향(下鄕)

밀린 잠

영원히 졸업하지 못할 줄 알았던 불면의 밤
적어도 깨어날 수 있는 악몽을 구걸하던 밤
이러다 죽겠구나 싶을 만큼 들지 못한 잠

을 잔다

얼마나 추운지 얼마나 더운지
망각하게 되는 곳
어디에도 속하지 않고
어디에 속하지 않아도 되는 곳

꼭 아늑한 구석에 몸을 박아 여백을 남기고
바닥이 매트리스가 소파가 이불이 되어
남은 인간이라곤 나뿐이라고
기꺼이 궁둥이를 들이미는
똘이의 꼬순내에 포-옥 파묻혀
늦잠 아침잠 낮잠 밤잠 잠

밀린 잠을 잔다

너의 하루가

너의 그 찰나의 하루가
너의 그 찰나의 시간이
나에겐 영원이 된다는걸,
넌 알고 있니.

너의 일렁이는 세상을 담은 눈동자를
너의 빼곡히 늘어서 있는 속눈썹을
바라보는 것만으로도 나에겐 큰 행복으로 다가온다
는걸,
넌 알고 있니.

네 하루하루가
네 일분일초가
네 영원할 듯한 시간이

나에겐 너무 과분하게 느껴진다는걸,

그런 너의 모든 것들이
나에겐 평생 흐려지지 않는 잔광처럼 남게 된다는걸,
넌 알고 있니.

되돌릴 수 없다는 걸 알면서도

하루가 끝나갈 즈음

오늘을

조심스럽게 떠올린다

되돌릴 수 없다는 걸 알면서도

괜히 담담한 척했지

두려웠어

너를 잃을까봐

너와 나의

서툰 입맞춤

너의 품에 안겨

심장소리를 들었을때

비로소

안심이 되었어

혹시나
후회하고 있을까
마음이 변했을까

머릿결에 닿은
너의 따스한 손길
아련히 바라보던
촉촉한 눈빛

받아줘서
도망치지 않아 줘서
고마워

너의 손을 잡고
천천히 걸으며

이 하루가
너에게도
새로운 시작이길.

여전히, 너였던 하루

차가운 공기에 몸을 웅크린 채,
새벽에 집을 나섰다.
현관문이 닫히는 소리가 유난히 낯설다.
'오늘은 볼 수 있을까.'
마음속에서 수없이 되뇌며 걸었다.

두 달이 지났지만,
너는 여전히 사라진 사람처럼
내 하루 어딘가에 남아 있다.

무슨 일이 있었던 걸까.
왜 아무 말도 남기지 않았을까.
이유를 묻기보다
잘 지내고 있는지가 더 궁금한 나.

아프진 않은지,
혼자 있진 않은지.

함께 걷던 길을 지날 때마다
발걸음이 느려진다.
그날처럼 네가 내 옆에서
아무 말 없이 걸어주고 있을 것 같아서.

뒤돌아보고 싶지만
그러면 더 이상 버틸 수 없을 것 같아
고개를 숙인 채 지나친다.
이제 숨바꼭질은 그만해도 돼.
다 용서할게.

아무 설명도, 변명도 필요 없어.
그냥 와서
예전처럼 날 안아줘.

아무 일도 없었던 것처럼 흘러가는 하루

너를 기다리다,

너를 걱정하다,

끝내 부르지 못한 채

하루를 접는다.

여전히,

너를 사랑한 채로.

졸업이던 하루 그날 이후의 이야기

새벽녘 동백꽃

겨울을 좋아한다는 말의 속뜻은 당신이 보고 싶었다
는 것
하루 중 딱 한 번만 당신을 떠올릴 수 있다면
난 과감히 동이 틀 때를 고르겠지

한 겨울 동이 틀 때 동백꽃을 보기 위해 발걸음을 옮긴다
흰 눈이 얹힌 동백꽃을 툭툭 털어본다
꽃 아래로 황홀히 내리는 소설
다홍빛은 깊은 새벽녘에도 선명하다

당신에게 전한다
동백꽃의 꽃말을 아느냐고
알게 된다면 내 마음의 초석이라 여겨주길

나의 고까운 하루는 겨우 이렇게 시작된다

Happy Birthday To Me

.

나의 생일을 축하한다
사탕발림과 허례허식 따위는 없는
의무감이나 영혼 없는 축하 따위는 없는

의도치 않게 태어나
우주에 입맞춤 했으니
이왕 이렇게 된 거
잘 살아보자고

겪고 싶지 않았던 일들도
겪고 나니 더 강해지던
나를 떠올리며
가감 없이 축하하는 하루

나의 삶이 내 것만이 아니라

나를 사랑해 주는 사람들의 몫도
있었음을 되새기며
책임져서 축하해 본다

잘 태어났다
결코 세상은 나를 외면하지 않는다
나는 점차 완성된다

진창 속을 헤매던 삶을 마치고
새로운 영혼의 탄생을 축하하는 날

지친 하루 끝에

지친 하루 끝에
불 꺼진 방 한켠에
숨처럼 남은 나를 내려놓고
나는 잠시 나를 쉬게 한다.

거리의 소음은 먼 별이 되어
창밖 어둠에 스며들고,
가슴에 쌓인 말들마저
조용히 베개 위에 눕는다.

잘 해냈다고,
오늘도 충분했다고
누군가 속삭여 주면 좋겠지만,
나는 내가 그 말이 되어본다.

지친 하루 끝에
아무것도 하지 않아도 되는 이 순간이
내일을 다시 걸을 수 있게 하는
작은 기적임을,
나는 조용히 믿어본다.

그대와의 하루

그대와의 하루는
아침 햇살처럼 천천히 시작되어
커피 향보다 먼저
그대의 웃음이 나를 깨운다.
말하지 않아도 전해지는
작은 숨결 하나, 눈빛 하나에
시간은 서두르지 않고
우리 곁에 머문다.
함께 걷는 길은 특별하지 않아도
그대의 발걸음이 옆에 있어
평범한 풍경이
조용히 빛이 된다.
그대와의 하루는
끝나도 끝나지 않는 이야기처럼
잠든 뒤에도 마음에 남아
다음 날을 기다리게 한다.

하루의 다짐

맑고 따뜻할 것만 같았던 날씨가
짙은 어둠과 서늘한 기온을 웃돌고
옷무새를 단정히 가다듬고 나선 도로위.
북적이며 소란스러웠던 차 소리도
주변 사람들의 웅성이는 소리도
조금씩 사그라지고 고요한 밤의 적막속에
어두운 길을 밝히며 오늘 가야할 길을 걷는다

어둠이 지고 낮동안 맡아보지 못 했던
짙은 풀냄새와 상쾌하게 느껴지는 공기가
코끝을 자극해오니 잠시드는 깊은 한숨.
어깨가 움츠러드는 차가운 밤
찬서리가 내리고서야 하나씩 깨어나
하루를 열심히 살아온 많은 생명들이
존재의 이유를 묵묵히 지켜간다.

내 하루의 힘듦과 지침은
한 여름날 기운없이 주저 앉으며
한참을 피할 곳도, 막아줄 곳도 없이
온 몸으로 소나기를 맞으며 버텨냈다.
그 속에서 인내하는 법을 배우고
비가 온 뒤 땅이 굳어지듯
또 스스로를 강인하게 만들것을 믿는다.

끊임없이 찾아오늘 갈림길 속에
내가 선택한 나의 길이라 믿는다.
그렇게 내 하루를 또 다짐했다.

내 하루는

내 하루는
기차 안에서 바라보는 거꾸로 흘러간 풍경들이
산이 보이고, 바다가 보이고, 강이 보이면
좋겠다 싶었는데 야속하게도
매일 보이는건 온통 아파트 건물만 보였어.

구름 한 점 없는 파란 하늘과 대비되는
높디 높은 건물들이 왠지 아쉽게 느껴졌어.
가끔이어도 좋으니 내 하루 속에는
물과 산과 푸르른 초록이 보이는 풍경이면
얼마나 설레고 좋을까라며 피식 웃었어.

언제든 다시 기차를 타는 시간이 오면
온 마음 다 품어줄 것 같은 높은 산과

에메랄드빛 푸른 바다여도 좋겠어.

내 하루는 말이야
조용히 지나가는 풍경들이 바뀌어 있어도
유리창 너머로. 바라보는 시간들은 즐거운 날이길.

농축된 노을

오늘 노을이 참 예뻐요
그런가요?

그대의 무심한 한 마디에
나의 노을은 또다시 반려되었다.

오늘 하루,
이 한 마디를 위해 피어준 노을은
그대의 한 마디에 서운한 먹구름을 띄운다.

내일은 노을이 예쁘지 않을 수도 있음을 알지만,
나는 또 같은 하루를 살아내고
같은 노을을 고하리라.

삶의 뿌리

특별할 것 없이 지나가는 하루였다. 흥미도 없는 풍경들이 스쳐가고, 온몸에 달라붙는 심심함은 자꾸만 어제를 떠올리게 만들었다. 가시처럼 아픈 생각에 스스로를 탓하며 마음껏 흐느꼈다. 또 한 번, 또 한 번 울음을 참지 못했다.

어둠이 점차 짙어질수록 두 손으로 머리를 감싸쥐고, 마치 세상의 모든 무게를 혼자 짊어진 듯 바닥이 꺼져라 소리 없이 울었다. 이대로 오늘을 끝내버리고 싶었지만, 어디선가 한 마디가 다시 떠올랐다. 희미하게 귓가를 맴도는 속삭임이었다.

"오늘도 정말 수고 많았어. 참 많이 애썼어. 분명 너에게도 소중한 하루였을 거야." 그 목소리는 어디선가

들려온 듯했지만, 사실은 내 마음속 깊은 곳에서 퍼져 나오는 진심이었다. 차갑게 얼어붙었던 마음이 그 한 마디에 서서히 녹아내렸다. 눈물로 번진 시야 너머로도, 삶의 무게는 뚜렷하게 느껴졌다.

그래, 내 안에는 수많은 바람에도 꺾이지 않는, 힘차게 숨 쉬는 뿌리가 자리하고 있다. 그 뿌리가 있기 때문에 오늘도 힘겨운 하루를 버텨내고, 내일을 살아갈 작은 용기를 얻는다.

결국 오늘은 슬픔으로 가득했을지라도, 그 모든 순간이 내 안에 단단한 뿌리를 내리는 한 줌의 흙이 되었을 것이다. 어떤 내일이 오더라도, 나는 나만의 뿌리로 이 자리에 굳세게 서 있을 거다.

세가지 하루

나에게는 크게 세 가지 모습의 하루가 있다.

첫 번째 하루는 축구 강사로서의 하루다.
총 세 곳의 학교에서 수업하는 나는 각기 다른 개성의 아이들과 한 학교에서 세 시간씩 수업한다. 일주일에 나에게 허락되는 아홉 시간, 가장 맑은 정신을 유지할 수 있는 소중한 시간이다.

아이들이 내가 가르쳐주는 것을 수행하고, 더 가르쳐달라고 할 때면 나는 신이 나서 또 설명하고 있는 나를 발견한다. 축구심판 시절 보는 아이들과 지금 보는 아이들은 전문 선수와 일반 학생이라는 차이가 있다. 그래도 다행인 것은, 나는 아이들에게 화내지 않고 그저 "즐겁게 하자"며 수업할 수 있다는 점이다. 덕분에 나는 아이들이 먼저 찾아오는 선생님이 될 수 있었다.

아이들을 보면 참 신기하다. 지치지 않는다. 수업이 끝나도 축구는 계속되어야 한다. 그럴 때면 나는 "쉬어야 하니까 그만"이라고 말한다. 그러면 아이들은 조금 삐지기도 하지만, 다음 주에는 언제 그랬냐는 듯 웃으며 다가온다.

만약 내가 스포츠지도사 자격증이 없었다면, 이 아이들을 만나지 못했을 것이다. 과거 취득한 자격증 덕에 나는 아이들과 신나게 수업하며 축구를 가르칠 수 있다. 그리고 나는 무조건 착한 선생님이 아니라, 좋은 선생님, 믿을 만한 선생님이 되기 위해 노력하고 있다. 잘 되고 있는지는 모르지만.

두 번째 하루는 스포츠윤리와 스포츠인권 강사의 하루다.
이 하루는 자주 오지는 않는다. 강의가 정기적이지 않기 때문이다. 그래도 2025년 기준으로 19회의 강의를 진행했으니, 이제 막 시작한 강사에게는 많은 경험이었다.

강사의 하루는 사실 강의 당일만 존재하지 않는다. 자료를 점검하고 편집하며, 연습하고 질문에 대비해야 한다. 그렇게 준비한 자료로 현장에서 강의를 열심히 하고, 돌아와 강의 사진과 보고서를 제출하며 하루가 마무리된다. 한 번의 강의는 하루에 만들어지지 않는다. 하지만 강의가 끝나고 "강사님, 감사합니다"라는 말을 들으면 마음의 피로가 싹 가신다.

세 번째 하루는 대학원생으로서 배우는 하루다. 스포츠윤리를 전공하며 공부하고, 배우며, 가르치기도 한다. 누군가에게는 내가 선생님이고, 나에게도 스승님이 계신다. 주변 연구자들의 모습을 보며 자극을 받고, "뭐 하나라도 더 해야겠다"는 마음으로 하루를 보낸다.

연구실이나 사무실에서 공부할 때면 할 일이 많고, 부족함도 많이 느낀다. 하지만 부족함을 알기에 공부할 수밖에 없고, 계속 배우며 성장할 수밖에 없다.

나는 축구심판이었고, K리그를 사랑하는 한 팀의 서포터였다. 현장에서 느꼈던 문제들을 놓고 "이래서는 안 된다"는 마음으로 지금의 길에 들어섰다. 지금까지 쓴 학술논문 세 편의 주제도 모두 축구와 관련 있다. 나름대로 현장 출신의 축구 전문 연구자가 되겠다는 마음으로 살아가고 있다.

사실 세 번째 하루는 부모님이 아니었다면 불가능했을 하루다. 방황하던 나에게 대학원에 가라고 지원해 주셨고, 그 덕에 강의도, 학교에서 아이들과 축구를 즐길 수 있는 시간도 가능했다.

나의 세 가지 하루 모두는 방황하던 나를 지켜봐 주고 도와주신 부모님 덕분에 존재하는 하루다. 그래서 더욱 열심히 해야 하고, 더 즐겁게 해야 한다. 지금의 하루들이 너무 소중하기 때문이다.

세 가지 하루가 쌓이면, 내가 어디에 있을지 정확히 알 수는 없다. 하지만 최선을 다하면 언젠가 기회가 찾아오고, 그 기회를 잡는 것도 최선을 다해야 한다. 세 가지 하루가 계속될지, 언제 또 다른 하루로 변할지는 모르지만, 나는 오늘 눈앞의 하루에 최선을 다하며 살아갈 것이다.

나의 하루

한 줄, 한 줄

조심히 새겨본다
팡팡 터지는
고통스러운 환호와 함께

어색한 향기를 삼키고
옅은 기침을 잔뜩 뱉어내며

울렁이는 두 손을 마주 잡고
어지러운 독백을 즐기며

속삭이는 폭포의 울림이 밟혀
흔들리는 동공

쏟아져 내리는 아름다운 햇살의

쓰라림을 견디며

새겨지는 나의 하루

행복한 하루

하루라는 것은 특별하게 다가온다
24시간 이라도 그 시간동안에 일을 하고 땀을 흐리고
하니 더욱 더 새롭게 느껴졌다

같은 일상이지만 가끔은 다른 하루가 다가오고
또한 그 마저 힘찬 하루가 되어 있을 것이다

언제 어떻게 달라질지 모르는 것이라도
고마움. 감사함. 미안함. 슬픔. 우울 등이 교차하면서도
그 속에 하루는 정말 행복한 하루가 될 것이다

커피

하루는 천천히 볶아진 공기처럼 시작됐다. 아직 뜨겁지도 차갑지도 않은 상태로 방 안에 진득하게 내려앉을 때 나는 천천히 눈을 떴다. 따끈하게 덥혀둔 보일러의 온기는 이미 익숙해져 버린 지 오래. 쌉싸름한 기운이 먼저 입안을 맴돌았다. 아무것도 삼키지 않았는데, 이미 하루의 맛이 먼저 도착해 있는 듯이. 곧장 몸을 일으키지 않고 몇 번인가 이불 속에서 뒤척였다. 아직 나른함이 감도는 다리를 휘적거리며, 그 기운을 밀어내지 않고 그대로 흘려보낸다. 진하지도 연하지도 않은, 늘 그저 그런 중간쯤의 농도로.

시간은 그렇게 서서히 내려지는 방식으로 흘렀다. 급하게 재촉하지도, 그렇다고 멈춰 서지도 않은 채로 오전과 오후의 경계를 희미하게 섞어갔다. 방 안의 공기

가 눈에 띄지 않게 바뀌는 동안 나는 몇 번이고 같은 동작을 반복했다. 핸드폰 화면을 들여다보고, 손을 움직이고, 잠깐 멍하니 허공을 바라보다가 다시 돌아오는 일들. 특별한 일은 없었지만, 그렇다고 아무 일도 없지는 않은 시간들이 층층이 쌓였다.

정오를 지나면서부터 공기는 조금 더 진해진다. 말들이 겹치고 소리가 쌓이며 움직임 하나하나가 미묘하게 느려진다. 묘하게 꽉 찬 머릿속을 느끼면서도, 그게 버겁다고 느낄 만큼은 아니라는 생각을 했다. 그저 농도가 조금 올라갔다는 사실을 몸이 먼저 알아차릴 뿐. 나는 그 안에서 익숙한 속도로 숨을 고르고, 더 짙어지지도 옅어지지도 않게 하루를 유지한다. 익숙한 피로가 어깨에 얹힌다. 바쁘게 울리는 핸드폰을 잠시 뒤집어 두고, 의자에 기대며 약한 나른함이 다시 몸안으로 스미는 감각을 느낀다. 깊은숨을 내쉬면서. 남은 하루도 마저 들이켜야지.

그렇게 하루는 서서히 식어간다. 여전히 남아 있는 일들과 이미 지나가버린 시간들이 한데 섞여 손에 잡히

지 않는 여운만을 남긴 채로. 길가의 가로등이 하나둘 불을 밝히는 것을 보면서, 이제는 나도 되돌아갈 시간. 온기보다는 서늘함이 감도는 감각들이 여전히 쌉싸름한 채로 혀끝에 머문다. 나는 그 여운을 굳이 정리하지 않는다. 씻어내지도, 덮어두지도 않은 채 그저 그런 하루였다고 생각하며 자리를 떠난다.

특별한 향이 남지 않은 하루가 지나간다. 볶아지듯 시작되어 내려지듯 흘러가고야 마는 하루. 무언가를 더 하지 않아도 충분하고, 덜어내지 않아도 무난했던 시간. 그렇게 오늘도 하루의 하루가 고요히 완성된다.

하루하루

하루는 늘 같은 얼굴을 하고 나를 찾아온다.

아침이 오고 낮이 흘러가고 밤이 되면 또 하루가 끝난다.

그런데 이상하게도 같은 하루는 단 한 번도 없었다.

'하루하루'라는 말은 참 묘하다.

분명 어제도 오늘도 똑같이 지나가는데 어떤 하루는 유난히 길고

어떤 하루는 눈 깜짝할 새 사라진다.

기다림이 있는 날은 시계가 고장 난 것처럼 느리게 움직이고

아무 생각 없이 보낸 날은 기억 속에서조차 금방 사라진다.

어느 날은 아무 일도 없었는데 괜히 마음이 무겁고

어느 날은 작은 일 하나로 하루 전체가 환해진다.

그렇게 하루는 우리에게 늘 공평한 시간을 주지만 그
시간을 어떤 마음으로 채우느냐는 전혀 공평하지 않다.
나는 하루하루를 버티며 살아온 날들도 기억한다.
아무 일도 잘되지 않는 것 같은 날
괜찮은 척 웃어 보지만 마음은 이미 지쳐 있던 날
그런 날에는 '내일은 좀 나아질까'라는 생각 하나로
오늘을 겨우 끝내곤 했다.
그런데 시간이 지나 돌아보니
그 힘들었던 하루들도 나를 앞으로 밀어주고 있었다.
하루는 작고 사소해 보이지만
그 하루들이 쌓여 지금의 내가 되었으니까
오늘도 또 하나의 하루가 지나간다.
완벽하지 않아도 마음대로 되지 않아도 괜찮다.
그저 오늘을 살았다는 사실만으로도 충분한 하루일
수 있으니까
우리는 그렇게 하루하루를 지나며
조금씩 앞으로 가고 있다.

또 다른 하루

하루가 지나도
익숙해지지 않는
미움받는 법은

또다시 하루가
지나도 받아들이기
힘들 것이다

하지만 계속되는
하루가 미움을
점점 받아들이고

내 안의 미움이
또 다른 하루의
사랑이 된다

오늘의 하루

오늘도 사랑받을 수 있는
하루에 감사하고
오늘도 미움받을 수 있는
하루에 감사하다

누군가의 하루에서
건네진 사랑과
누군가의 하루에서
건네진 미움이

하루의 감정을 따라
오늘도 내가 살아가고
있음에 감사하다

다정한 내 "하루"

햇살 포근히 창을 감쌀 때
서두르지 않고 침대에 누워
내 플레이리스트를 가만히 들어

잔잔한 피아노 선율에
마음속 어지럽던 파도들이 고요히 가라앉아
한음 한음 내게 위로를 건네고
좋아하는 음악은 나를 촉촉하게 물들이지
이 순간만큼은 어떤 걱정도 없는 편안함이야

손에 들린 책 한 권
활자를 따라 페이지를 넘겨
나의 시선으로 바라본 세상에
책 속의 주인공 되어 나를 발견하고

잊고 있던 내 생각들을 찬찬히 들여다봐

마치 산속 샘물을 가만히 들여다보듯
내 내면을 듣고 이해하는 시간
책은 언제나 내 친구야

오후면 가벼운 옷차림으로 산책을 갈 거야
햇살 좋은 길을 따라 숲길을 향해
풀 내음, 흙냄새, 바람에 흔들리는 나뭇잎 소리
복잡한 생각들은 거기 놓아두고
내 안의 에너지는 싱그럽게 채워져

걷는 동안
나에게 조용히 말을 건네
참 많이 애썼다.
괜찮아, 잘하고 있어.
너는 충분히 빛나는 존재야, 토닥토닥~

이렇게
나를 위한 하루를 채우고

졸업이던 하루 그날 이후의 이야기

단단히 딛고 서서
내 앞에 펼쳐질 세상, 빛으로 반짝일 거라는

다정한 내 하루를 품에 안고
가장 고운 색들로 그려갈 거야

너무 빨리 어른이 되지는 않았으면

오랜만에 중학교 시절 친구들과 파자마 파티를 했다. 고등학교에 입학하고 나서 처음 보는 친구들의 얼굴이었다. 공부 그까짓 게 뭐라고. 중학교 때와는 사뭇 다른 조금은 지친 얼굴들이었다. 친구들과 밤새 쿠키를 만들고 사소한 이야기로 웃고 영화를 보며 울기도 했다. 최근에는 있을 수 없었던 순수한 감정들이었다. 그 친구들과 대화할 때면 마치 천진난만한 어린아이가 된 것만 같아 그 순간이 너무 행복했다. 어른이라는 것이 너무 아득하게 느껴지던 그 시절이 너무 그리워서 그날만큼은 진정한 나로 지내고 싶었다. 나의 미래, 학업에 관한 생각을 버리고 온전히 행복하게 웃을 수 있는 날이 앞으로 얼마나 더 있을까. 고등학생, 모범생 딸, 수험생이라는 베일 속에 꽁꽁 감싸진 진실한 나를 드러낼 수 있는 날이 앞으로 얼마나 더 있을까. 성장통이 너무 아픈 나머지, 삶에 대한 의지가 희미해져 가는데 그런 나에게 살아갈 힘을 준 사람들은 예전의 내 모습을 기억해 주는 친구들이었다. 우리가 함께할 때는 중학생의 모습으로 남아있기로 다 같이 약속하고 눈을 떠보니 다음 날 아침이 밝았다.

그날은 어른이 되어가는 나를 멈춰 세운 유일한 하루였다.

의자의 하루

그녀와 함께 한 공간에서 보았던 그 영화가 이 순간 떠오른다. 나는 여기에 버려진 것일까 여행 온 것일까, 이제는 그 구분조차 낯설기만 하다. 사람들이 버리지 못한 추억들이 어딘가에서 나의 포즈처럼 어눌한 포즈로 시간을 견디고 있겠다고 생각하니 쓸쓸하다.

자동차 경적이 들리지는 않지만 내 안에 어느 부분에선가 그런 소리 비슷한 소리가 들려오는 것만 같다. 아무도 이런 나의 소란한 속내를 모를 것이다. 내가 있는 이 공간 너머 저 거리는 다른 곳보다 훨씬 자동차들이 많이 달린다. 자동차 경적이 들리지 않는다고 말해놓고 자동차들이 달린다고 말하는 나의 말은 그렇다고 해서 거짓인 것도 아니다. 자동차들에게도 그들만의 활동 시간이 있기 마련이기 때문이다. 비교적

자동차가 흔히 발견되는 이 거리에서 내가 지내고 있는 것만이 나의 진짜 주소일지도 모른다.

그녀는 나의 지금 주소에 관심이 없다. 아마 그녀는 나를 완벽하게 망각했을 것이다. 그녀가 나를 데려다 놓은 이곳이 그녀에게는 잊힌 장소가 될 거라 생각하는 것만으로 나는 외롭다. 나는 외로운 운명이 적절하다. 나는 처음부터 외로웠던 것이다. 나에게 삶은 외로움의 다른 명사였다. 나를 반기던 그녀도, 나를 떠난 그녀도 나만큼 외로울까.

나는 마른 체형이었다. 그녀는 나의 마른 몸에 포근한 천을 외투처럼 걸쳐 주었었지. 사람들은 그것을 '덮개'라고 불렀고 나는 그것을 '가디건'이라고 불렀다. 그것의 색은 언제나 파란색이었다. 그녀는 내가 파란색을 좋아한다는 사소한 취향마저 존중했던 모양이다.

그녀는 나의 등에 자기 등을 기대고 앉아 종종 무언가를 노트북에 혹은 그녀의 핸드폰 메모 창에 끄적거리곤 했다. 그럴 때면 내가 느끼는 그녀의 표정은 비

행 직전의 여행자처럼 들떠 있었고 조금은 지쳐 보였다. 나는 그녀를 뒤에서 안고 있는 연인이라도 된 것 같은 착각에 빠져 있었고, 그녀는 그런 나를 최대한 활용하는 눈치였다. 그녀는 등이 아파서 훌쩍이는 순간도 잦았다. 등과 코가 연결된 것처럼 등이 아프면 코도 훌쩍훌쩍 거리는 그녀를, 물끄러미 바라보기만 하는 내가 미안할 지경이었다. 그녀는 무슨 글을 무슨 이유로 쓰고 있었다. 나는 그녀만이 쓰고 있을 거라 짐작하는 그 무슨 그녀의 글이 궁금했고 그 궁금증을 달래려고 그녀의 등 너머를 뚫어져라 관찰하기도 했다. 소리가 나지 않아서 다행이구나 생각하는 순간이었다. 나는 삐거덕거리기를 꺼려했다. 내가 그녀와 이별하게 되는 것이 힘들다고 느꼈다. 단지 그 이유만으로 나는 아프다고도, 힘들다고도 말하지 않으려 노력했다.

그녀는 팝콘은 좋아했지만 콜라는 별로 좋아하지 않았다. 그녀는 영화 보는 것을 좋아했다. 영화는 주로 극장에서 보는 것을 좋아했던 그녀도 가끔은 내 몸에게 의지한 채 그녀의 집에서 영화 보기도 만끽했다.

졸업이던 하루 그날 이후의 이야기

그녀는 힘들 때마다 영화를 보는 것 같았다. 그녀와 대화라는 것을 나눠본 적은 없지만 그녀 혼자 일방적으로 내게 말을 하는 순간은 적지 않았다. 나는 그녀의 말하는 목소리가 좋았다. 내가 힘들다는 것도 잊게 하는 목소리가 그녀의 목소리라고 생각했다.

그녀는 직업이라는 단어를 유난히 싫어하고 증오했다. 그녀에게 말해줄 수만 있다면 감히 나의 이름을 그녀가 그토록 고통스러워하는, 직업란이라는 지점에 적으라고 귀뜸해주고 싶었다.

나는 그녀가 마시는 커피 방울을 훔쳐 마시기도 했다. 마신다고 말하고는 있지만 누가 봐도 내 모습은 세수하는 모습에 가까웠다. 커피는 내 거친 피부에 나쁘지 않은 세안제다. 생활의 독소마저 눈에 띄게 덜어내 주는 고마운 커피였다. 그녀는 커피를 마치 그녀가 믿는 신이나 종교처럼 집착하는 분위기였다. 나는 그녀와 내 취향이 닮아간다고 느꼈다.

나는 내가 그녀를 왜 떠나 이런 곳에 와버렸는지 원

망 같은 것도 하지 않는 내가 싫을 뿐이다. 아니, 사실은 나도 그녀의 나에 대한 태도가 변했다고 믿어야하는 이 상황이 미치도록 어이가 없다. 그녀는 그렇게 나로부터 멀어져 나와 깡그리 이별했을 따름이다.

그녀가 그녀의 의지로 나를 떠나보내고 내가 있던 자리에 다른 친구를 가져다 놓았다는 오늘의 진심을 존중할 수밖에 없다.

나는 아프다. 나는 자유롭다. 적어도 어떤 모르는 이가 나를 어딘가로 데려가기 전까지의 그 시간은 강제성 없이 자유롭다고 자위할 수 있다. 내가 아픈 것은 내가 자유롭다고 느끼기 때문이다. 나는 그녀의 안부를 묻지 않는다.

영화는 2부로서 다시 시작되기도 한다.

자동문이 열린다. 그녀가 몰고 온 바람인가 내 심장쪽으로 바람이 스민다. 다시 닫히는 자동문이 또 다른 그녀를 데리고 온다. 그녀들은 나를 모르는 척 한

다.자동문은 카페의 입구 안쪽으로 상자 속 상자처럼 담겨져 있다. 광장에서 불어오는 바람이 그녀들의 셔츠를 타고 온다. 아직 나는 아무런 수런거림도 내색하지 않는다. 견딜 만한 고통. 커피향이 코끝을 간질인다. 견딜 수 없는 그리움. 산책.

그녀의 직업란에는 그렇게 적혀 있었다.

 [의자]

수평선의 매듭

지난밤의 푸른빛이
아직 가시지 않은 창가에 앉아
수평선의 허리를 감아
포물선으로 매듭을 지어봅니다

누군가가 나와
뒤집힌 삶을 살아가고 있을지라도
매듭은 쉼 없이 이어지고
오늘도, 우리의 숨이 끊기지 않았음에
수평선의 다정한 안부를 보냅니다

하늘이 땅이 되는 곳에서
자유로이 유영하는 꿈을 꾸다
아쉬운 대로 눈동자에

머리 위의 푸른 바다를 담아둡니다

따사로운 정오의 소란 속에도
우리는 각자의 바다를 잃지 않으려
부단히 발을 저어왔겠지요

자유로이 유영을 하는 법을
저마다 알고 있는 듯한
걸음과 걸음이 지날 때마다
그렇게 우리는 서로가 한 번씩 스쳐가며
풀리지 않는 매듭으로 지어져
오늘을 이어가고

골목 어귀에서 새어 나오는
구수한 된장 냄새는
해가 기울 무렵
오늘을 잘 버텨냈다는
서로를 향한 무언의 격려입니다

허기를 채우고

다시 일어설 숨을 고르며
이 식탁의 풍경이, 우리를 유영하게 하는
가장 단단한 부력임을 압니다

투박하게 오가는 짧은 이야기들이
느슨해진 매듭의 올을
다시 한번 팽팽하게 조여 묶고

이 하루의 온기를
이름 모를 수평선 너머의 당신에게
조심스레 건네봅니다

하루살이

아무 일이 일어나지 않는 것이
가장 좋은 일이라는 것을 나는 알게 되었다.

눈 깜짝할 사이에 하루가 지나가 버렸고,

아름다운 동화의 한 사람처럼
분명한 기억은 많지만
모든 기억이 좋은 기억으로 도배되지는 않았다.

모든 사람의 일상 속 결말일까?

어른이 되어서 좋은 점이라면,

영풍문고 가서 한 장, 한강 노을 한 잔 언제든 볼 수

있는 "한 장 한 잔"에 내 마음이 둥글어지는 소소함이
라고 말할 수 있을 것이다.

또 마주할 내일 하루는 좋은 한 장으로 도배 되길, 한
잔이어도 좋으니

일상의 반복되는 하루속에서 행복을 느낍니다

아침은 늘 비슷한 얼굴로

내 창문을 두드린다.

어제와 다르지 않은 햇빛,

어제와 비슷한 공기,

그리고 늘 같은 시간에 울리는 알람 소리.

처음엔

반복되는 하루가

무엇을 바꾸긴 할까 싶었다.

같은 길을 걷고,

같은 일을 하고,

같은 표정으로 하루를 채우는 나를 보면

새로움이란 단어는

내 삶과 멀어 보였으니까.

하지만 요즘은
이 반복 속에서
조용히 숨은 행복을 발견한다.

익숙한 머그컵에 따르는 따뜻한 물,
커피가 퍼지는 향이
내 마음을 먼저 깨우는 순간.

신발을 신는 동안 들리는
집 안의 작은 소리들—
물 끓는 소리,
옷감이 스치는 소리,
문이 닫히는 소리까지도
이상하게 나를 안심시키는 하루의 시작.

길을 나서면
항상 같은 나무가 서 있고
같은 자리에서
같은 하늘을 올려다보게 되지만,

그 하늘은 늘 조금씩 다르다.

어떤 날은
구름이 천천히 흘러가고
어떤 날은
햇살이 예민하게 반짝이고
어떤 날은
바람이 마음을 먼저 흔들어 놓는다.

나는 그 차이를 알아차리며
오늘을 산다.

사람들도 마찬가지다.
매일 비슷한 얼굴, 비슷한 말투,
비슷한 인사처럼 느껴져도
그 안에는
각자의 작은 사정과 표정이 숨겨져 있다.

"안녕하세요."
그 한마디 속에

힘든 하루를 버텨낸 사람도 있고
오늘을 잘 살아보겠다는
작은 결심을 담은 사람도 있다.

나 또한 그중 하나다.

그리고 어느 순간부터
나는 깨닫는다.

행복은
특별한 날에만 찾아오는 손님이 아니라
평범한 하루 속에서
살며시 앉아 있다가
내가 알아봐 주길 기다리는
조용한 존재라는 것을.

가끔은
점심시간에 마시는 따뜻한 국물 한 숟갈이
하루를 다시 살아낼 힘이 되어주고,

잠깐 창문을 열었을 때 들어오는
바람 한 줄기가
내 마음속 답답함을 씻어내고,

낯선 번호가 아닌
익숙한 사람의 전화 한 통이
내 하루를 부드럽게 만들어 준다.

그런 순간들이
크게 소리 내지 않고도
분명히 내 삶을 아름답게 한다.

퇴근길,
같은 길을 걷는 발걸음이
오늘따라 조금 가벼운 이유는
그저
무사히 하루를 끝까지 살아냈다는 사실 때문일지도
모른다.

집으로 돌아와

불을 켜면
익숙한 냄새와 온도가
나를 맞이한다.

옷을 갈아입고
조용히 앉아
하루를 정리하는 이 시간.

별일이 없었다는 것이
얼마나 다행인지
요즘은 알 것 같다.

큰 기쁨이 없어도
큰 불행이 없는 하루가
오히려 나를 살린다는 걸.

나는 이제
반복되는 하루가 지루하다고
쉽게 말하지 않는다.

반복은
나를 지치게 하는 것이 아니라
나를 지켜주는 울타리일 수도 있다는 걸
조금씩 배우고 있다.

똑같은 하루 속에서
나는 매일
조금 다른 나를 만나고,

작은 변화에 웃고,

사소한 친절에 마음이 따뜻해지고,

하루의 끝에
"오늘도 괜찮았다."
라고 말할 수 있게 된다.

그래서 나는 말하고 싶다.

일상의 반복되는 하루 속에서

행복을 느낍니다.

아주 크지 않아도,
아주 눈부시지 않아도,
나를 안아주는 따뜻함이
분명히 여기 있다고.

그리고 내일도
비슷한 아침이 오겠지만
나는 그 속에서 또 하나의 행복을
조용히 찾아낼 것이다.

반복되는 하루는
그 자체로
내가 살아 있다는 증거이니까.

연락은 오지 않았다.

그날은 면접 결과가 나온다고 했던 마지막 날이었다. 정확히 말하면, "이번 주 중으로 연락드리겠습니다" 라는 말이 더 이상 유효하지 않게 되는 날이었다. 그는 그 말을 날짜처럼 기억하고 있었다. 월요일도, 금요일도 아닌 애매한 하루. 지나가 버리면 아무 일도 없었던 것처럼 취급될 날.

아침부터 휴대폰을 손에서 놓지 못했다. 화면을 켜도 알림은 없었고, 꺼 두면 진동이 울릴 것 같았다. 그는 결국 휴대폰을 책상 위에 엎어두었다. 보지 않으면 덜 아플 것 같았지만, 그러면 더 늦게 알게 될 뿐이라는 것도 알고 있었다. 기다림은 언제나 그렇게 사람을 속였다.

정장을 입을 필요는 없었다. 오늘은 집 근처 편의점에 다녀올 생각뿐이었다. 그럼에도 그는 셔츠를 입고 바지를 고르고, 구두를 신었다. 전화가 오면, 최소한 지금의 모습이 너무 무너지지는 않았으면 좋겠다는 생각 때문이었다. 아무도 보지 않는데도, 그는 여전히 누군가에게 평가받고 있는 사람처럼 행동하고 있었다.

부엌에서는 어머니가 조용히 아침을 먹고 있었다.

"오늘은 뭐 하니?"

아무 의미 없는 질문처럼 던진 말이었지만, 그는 대답을 하지 못했다. 어머니는 잠시 그를 보다가 말을 이었다.

"날씨는 좋다."

그 말이 위로인지, 화제 전환인지 알 수 없었다. 그는 고개를 끄덕이고 집을 나섰다.

편의점 앞에서 커피를 고르다 계산대 옆에 붙은 종이가 눈에 들어왔다.

'아르바이트 모집. 경력 무관.'

그는 잠시 그 문장을 읽었다. 경력 무관이라는 말이 왜 이렇게 무겁게 느껴지는지 알 수 없었다. 경력이 없어서 안 되는 일과, 경력이 없어도 되는 일 사이에서 그는 계속 망설이고 있었다. 둘 중 어느 쪽도 쉽게 선택할 수 없었다.

집으로 돌아오자 휴대폰은 여전히 조용했다. 그는 방에 들어가 문을 닫고 침대에 앉았다. 아무것도 하지 않으면서도 시간이 빠르게 지나가고 있다는 사실이 불안했다. 오전이 끝나 가고 있었다. 연락이 온다면, 보통은 이쯤이라는 생각이 들었다.

정오를 조금 넘긴 시각, 휴대폰이 울렸다.

심장이 먼저 반응했다. 손이 떨려 화면을 바로 누르지 못했다. 모르는 번호였다. 그는 숨을 한 번 고르고 통화 버튼을 눌렀다.

"네."

잠시 침묵이 흘렀다. 그 짧은 공백 동안 그는 이미 여러 장면을 떠올리고 있었다. 합격이라는 단어, 출근 날짜, 어머니의 얼굴.

그러나 들려온 목소리는 전혀 다른 것이었다. 통신사 상담원이었다. 요금제 변경 안내였다.

그는 끝까지 말을 듣고 나서 전화를 끊었다. 통화 종료음이 유난히 크게 들렸다. 아무 일도 일어나지 않았는데, 무언가 크게 어긋난 느낌이 들었다. 기대가 무너질 때 나는 소리는 늘 이렇게 조용했다. 그는 그대로 바닥에 앉았다. 눈물은 나지 않았다. 대신 몸 안에서 힘이 빠져나가는 기분이 들었다.

오후가 되자 휴대폰은 다시 침묵했다. 그는 더 이상 방 안에 있고 싶지 않았다. 집 안에 오래 있으면, 자신이 점점 쓸모없는 사람처럼 느껴질 것 같았다. 버스를 타고 종점까지 갔다. 목적지는 없었다. 그냥 집에서 가장 먼 곳으로 가고 싶었다.

낯선 동네의 골목을 걷다가 작은 식당 앞에 멈췄다. 점심 특선이라는 글씨가 붙어 있었다. 혼자 들어가도 이상하지 않은 분위기였다. 자리에 앉아 물을 마시며 휴대폰을 다시 테이블 위에 올려두었다. 혹시라도, 정말 혹시라도 전화가 오지 않을까 하는 마음이었다.

음식이 나오기 직전, 휴대폰이 다시 울렸다.

이번에는 심장이 더 크게 반응했다. 같은 번호였다. 아까 끊긴 전화가 다시 걸려온 줄 알았다. 그는 젓가락을 내려놓고 통화를 받았다.

"면접 보셨던 ○○○님이시죠?"

그는 고개를 끄덕였다.

"네."

"이번에 정말 고민을 많이 했는데요."

그 말 한마디로 그는 결과를 알았다. 정말이라는 단어

는 늘 다음 말을 부드럽게 만들기 위해 사용되었다. 예상대로, 죄송하다는 말이 이어졌다. 그는 괜찮다는 말을 하지 않았다. 대신 알겠다고만 말했다. 통화는 짧게 끝났다. 상대방은 예의를 다했고, 그는 더 이상 들을 말도 없었다.

전화를 끊고 나서도 그는 한동안 움직이지 못했다. 음식은 거의 손대지 않은 채 그대로 남아 있었다. 식당 안에는 라디오 소리와 주방에서 나는 소리만 흘렀다. 다른 손님은 없었다. 세상은 아무 일도 없다는 듯 흘러가고 있었다.

집으로 돌아오는 길, 그는 버스 창에 비친 자신의 얼굴을 보았다. 울지는 않았지만, 웃을 수도 없는 얼굴이었다. 이 표정이 낯설지 않다는 사실이 가장 아팠다. 처음도 아니고, 아마 마지막도 아닐 것이다. 그는 그 사실을 이미 알고 있었다.

밤이 되자 어머니가 조심스럽게 방문을 열었다.

"밥은 먹었니?"

그는 잠시 망설이다가 고개를 끄덕였다. 사실은 거의 먹지 않았지만, 그 사실까지 말하고 싶지는 않았다. 어머니는 더 묻지 않았다. 대신 등을 한 번 두드려 주고 문을 닫았다.

불을 끄기 전, 그는 휴대폰 알람을 맞췄다. 내일도 특별한 일은 없을 것이다. 그래도 하루는 시작될 것이다. 이 하루가 특별히 불행했던 건 아니라고 그는 생각했다. 다만, 이런 하루가 너무 많다는 게 문제일 뿐이라고. 그리고 이 이야기가 자신의 이야기이면서, 동시에 우리 모두의 이야기라는 사실이, 조용히 가슴에 남았다.

하루

그냥 지나가는 장면이라도
영화 속 메타포 되어
감동을 실어 오기도 하고

아무 의미 없는 활자라도
이리저리 미학으로 조립되어
여운을 남기는 글이 되기도 한다

생각 없이 그냥 넘기기 쉬운
삶을 이루는 작은 단위이자
무엇이든 만들 수 있는 흙덩이

물레 위에 놓인 하루는
빙글빙글 돌아가며

인생살이로 빚어지겠지

어떤 모양 되어 무엇으로 다가올까
오늘도 주물주물 매만져보는
빙그르르 돌아가는 소중함

내 하루

아침은 항상 조심스레 시작된다. 눈을 뜨면 가장 먼저 드는 생각은 해야 할 일들이 아니라, 오늘 하루도 무사히 지나가길 바라는 마음이다.

창문 틈새로 스며드는 빛이 어제보다 조금 더 부드럽게 느껴지면, 왠지 오늘은 하루가 나를 덜 아프게 대할 것 같아 마음이 놓인다. 사람들 사이를 오가며 나는 여러 번 자신을 감춘다. 웃어야 할 땐 웃고, "괜찮냐"라는 물음엔 괜찮다고 답하지만, 사실 마음 한쪽에 담아둔 말들은 꺼내놓지 않는다. 그 말을 꺼내면 나 자신이 무너질 것 같아서, 또 한 번 무너지면 다시 일어서기 힘들 것만 같아서 결국 그 말들은 늘 하루의 끝으로 미뤄진다. 얕은 생각보다 빨리 지나간다. 버텨낸 시간은 기억 속보다 훨씬 짧게 느껴지고, 참으며 눌러둔 마음들은 생각했던 것보다 더 무겁게 남는

다. 나는 오늘도 아무 일 없었다는 얼굴로 하루를 보냈지만, 사실은 사소한 일에도 몇 번씩 흔들렸다. 저녁이 되어서야 비로소 나에게로 돌아온다. 아무에게도 털어놓지 않은 마음을 혼자서 조심스럽게 들여다보는 시간이다. "잘 버텼다, 오늘도 포기하지 않았다" 아무도 해주지 않는 말을 스스로에게 조용히 건네본다. 내 하루는 그렇게 끝난다.

별다른 일은 없었지만, 사라지지 않고 여기에 남아 있다는 것만으로 충분히 잘 살아낸 하루였다. 내일도 비슷한 하루가 반복될지 몰라도 나는 또 한 번 나를 데리고 묵묵히 걸어갈 것이다.

우리의 하루는

쉽 없이 흘러간 하루,
고요한 달빛에 오늘의 흔적을 비춰본다.

하루 동안 우리는 많은 일을 하고
많은 사람들을 만나고 때로는
사소한 일에 마음이 흔들리기도 한다.

우리가 울고 웃었던 순간,
힘들고 괴로웠던 순간순간들이 쌓인
하루는 내일을 살아갈 힘이 된다.

내일의 하루는 기록할 수 없습니다

새해, 우리는 늘 새로운 목표를 세우고 계획하는 일에서 재미를 느낍니다.

지나가버린 하루들보다는, 아직 아무것도 실패하지 않은 내일의 하루가 더 안전하게 느껴지기 때문입니다.

그래서 우리는 아직 오지 않은 시간을 먼저 적어 내려갑니다.

지킬 수 있을지 확신할 수 없는 다짐들로, 미래의 빈 칸을 채워 넣습니다.

올해 당신의 첫 번째 기록은 무엇이었나요?

복권 당첨, 대학 합격처럼 우리는 인생의 중요한 순간들을 주로 '결과'로 남겨왔을지도 모릅니다.

그러나 그런 기록의 대부분은 노력보다 운과 환경에 의해 결정됩니다.

우리는 '결과'를 기록해 왔지만, 그 결과를 견딘 '과

정'은 기록하지 않습니다.

그래서 저는 묻고 싶습니다.

가장 거창한 계획을 적기 전에, 자기 자신을 이해한 흔적부터 남겨보는 건 어떨까요?

저부터 이야기를 해보자면, 오늘 저는 오랜만에 충분한 잠을 잤습니다.

몸은 조금 무거웠지만, 생각들로 가득 차 있던 머릿속은 한결 조용해졌고 그제야 오늘을 감당할 준비가 되었다는 느낌이 들었습니다.

이 정도의 하루라면, 기록하기에 충분하지 않을까요.

정해진 형식도, 대단한 문장도 필요하지 않습니다.

거창하지 않은 단어 몇 개만으로도 하루는 분명히 존재했다는 흔적을 남길 수 있습니다.

문득 이런 생각이 들었습니다. 오늘의 하루를 온전히 기록하지도 못한 채, 내일의 하루를 먼저 적으려 애쓰는 일은 스스로에게 너무 가혹한 일이 아닐까 하고요.

만약 우리의 일생이 하나의 게임이라면, 아마 이런 경고 문구가 떠 있을지도 모릅니다.

"내일의 하루는 기록할 수 없습니다."

그러니 저는 이렇게 말해보고 싶습니다.

열심히 살아도 괜찮고, 물 흐르듯 살아도 괜찮습니다.

다만 아직 오지 않은 내일보다는, 이미 지나가고 있는

오늘의 하루를 조금 더 들여다봐도 괜찮지 않을까요.

오늘의 하루를 기록하는 일은, 결국 오늘의 나를 놓치

지 않기 위한 가장 조용한 선택일지도 모릅니다.

기록은 미래를 위한 것이 아니라, 지나간 시간을 잃지

않기 위한 일인지도 모릅니다.

내일의 하루는 기록할 수 없습니다.

다만 오늘의 하루는, 아직 놓치지 않을 수 있습니다.

어떤 날의 하루

오늘은 너를 만나러 가는 날이다.

다시는 보러 가지 않겠다고 수없이 다짐했던 나였기에, 이 순간마저도 후회와 고민이 앞선다.

나를 바라볼 때마다 늘 밝은 미소와 빛나는 눈빛으로 반겨주던 너. 이제는 만질 수도 없는 너를 그리워하는 내가 유난히 밉게 느껴진다.

하루하루가 지옥 같다는 말이 과장처럼 느껴지지 않는 날들 속에서, 나는 오늘도 다시 너를 떠올린다.

얼마나 외롭고 추운 겨울을 견뎌왔을지 감히 다 헤아릴 수는 없지만, 이제부터는 내가 너에게 따뜻한 봄이 되어줄게. 아무 이유 없이도 웃음이 나는 봄으로.

너와 함께 만든 하루를 보내왔던 나였기에, 이제는 그 다음 하루들도 함께 만들어가자.

우리만의 행복한 하루가 매일 같이 찾아오기를.

'하루'의 이야기

하루가
초와 분이 모여서
만들어진 이야기란다.

하루는
그저 하루라는
두 글자의 단어처럼
단순하지 않다.

하루에는
여러 가지 이야기가
담겨 있다.

흘러가는 구름처럼

넘실대는 파도처럼
하루하루가 흘러 보내지지
않기를 바라본다.

그저 잘해보겠다는 마음가짐들과
열정 가득차서있는 마음보따리가
그 하루에 담아져 있으니까

하루는
하루에 그 의미를
부여하고 살자.

누군가가 지켜내던 작은 양심의 모습과
누군가가 지나가던 길에 베푸는 양보와
누군가가 하고 있던 친절한 모습들에
하루는 조금씩 따뜻해진다.

나도 그렇게 되어야겠다.

포레스트 웨일 공동 작가

졸업이던 하루 그날 이후의 이야기

초판 1쇄 인쇄 2026년 02월 11일
초판 1쇄 발행 2026년 02월 11일

지은이   기유 | 김유신 | 불족발 | 황승환 | 류연화 | 김하종 | 손상우 | 김혜지
윤지수 | 희나 | 인영 | 김은월 | 하월(夏月) | 율무차 | 숨이톡 | 하진
이연화 | 박성희 | 최나연 | 서지우 | 이후림 | 조하은 | 김성윤
김도영 | 윤상엽 | 홍연 | 김유진 | 조현민 | 남화정 | 최이서
blue진 | 마음률 | 이루 | 안세진 | 류령 | 우호 | 플루토씨 | 류광현
아낌 | 글쓰는 몽상가 LEE | 서가경 | 사랑의 빛 | 김감귤
꿈꾸는 쟁이 | yejin_k | 모지랑이 | soo.says | 쏭 | 승현 | 히싱
김안예 | 강대진 | 문현규 | 김희영 | 마림 | 혜성 | 해원 | 달유하
하형정 | 서진아 | 영지현 | 건이지은 | 이예린 | 설빈 | 명량소녀
온채원 | 시야 | 몽월 박창수 | 이언(利言) | 윤이담

디자인   포레스트 웨일
펴낸이   포레스트 웨일
펴낸곳   포레스트 웨일
출판등록   제2021-0000 14 호
주소   충청남도 아산시 탕정면 용머리길 40 유니콘101 216호
전자우편   forestwhalepublish@naver.com

종이책   979-11-94741-93-0
전자책   979-11-94741-92-3

작가님들과 함께 성장하는 출판사
포레스트 웨일입니다.
작가님들의 소중한 원고를 받고 있습니다.
forestwhalepublish@naver.com

노랗게 물든 하늘 아래
너와 잡고 있던 손은 놓는다
이곳에서 떠올리는 너의 모습은
잊고 싶어도 잊을 수 없는
민들레 씨앗이 되었다

학사모를 던지고
꿈을 찾아 떠나가는 너의 뒷모습이
뒤늦은 쓸쓸함으로 남아 조용히 가슴에 내려앉는다

불어오는 바람에 머릴 쓸어 올리며
네가 남기고 간
꿈에 닿지 못한 발자국 위를 걷는다

행복해질 때까지
끝내 행복해지기를
끝까지 사랑하기를

누구보다 잘하고 싶은 마음을 가진 너를
새로운 시작이라는 말에 담아
민들레 씨앗처럼 하늘로 보낸다

이후림 작가 - 민들레 -

값 16,800원